엄마와 쌍둥이, 말레이시아에 던져지다

엄마와 쌍둥이, 말레이시아에 던져지다

매일 사고 치고 매일 자란 6주 해외 생존기

초 판 1쇄 2026년 01월 26일

지은이 김지영
펴낸이 류종렬

펴낸곳 미다스북스
본부장 임종익
편집장 이다경, 김가영
디자인 윤가희, 임인영, 윤영빈
책임진행 이예나, 안채원, 김은진, 국소리, 송가희, 이지영

등록 2001년 3월 21일 제2001-000040호
주소 서울시 마포구 양화로 133 서교타워 711호, 808호
전화 02) 322-7802~3
팩스 02) 6007-1845
블로그 http://blog.naver.com/midasbooks
전자주소 midasbooks@hanmail.net
페이스북 https://www.facebook.com/midasbooks425
인스타그램 https://www.instagram.com/midasbooks

ⓒ 김지영, 미다스북스 2026, *Printed in Korea*.

ISBN 979-11-7355-673-9   03810

값 17,900원

미다스북스는 다음세대에게 필요한 지혜와 교양을 생각합니다.

매일 사고 치고 매일 자란 6주 해외 생존기

엄마와 쌍둥이,
말레이시아에
던져지다

김지영 지음

미다스북스

목차

준비하기 　떠나요 셋이서!

용기 내는 법: 출산도 했는데 까짓것 해외 살기?!　11

아이들의 홀로서기 독립(獨立)을 위하여　15

말레이시아와 싱가포르 사이에서　17

우리에게 맞는 어학원과 숙소 정하기　20

티켓팅부터 삐걱삐걱　25

1주 차 　멍청과 열정 사이 다사다난 적응기

순조로운 출발　행운의 눕코노미　31

1일 차　생고생 노숙부터 시작한 싱가포르 투어　35

2일 차　멍청과 열정 사이　47

3일 차　세계적인 기업 그랩과 맞다이　52

4일 차　키즈카페형 어린이 영화관　55

5일 차　어학원 첫날, 엄마의 걱정과 해방 사이　57

6일 차　트래블로그에 로그인했습니다　60

7일 차　시스템이 잠겼습니다　62

2주 차 조호바루, 싱가포르를 내 집 앞마당처럼

8일 차 설거지를 하는데 발이 젖는다 **67**

9일 차 말레이 민속 체험과 반딧불 **69**

10일 차 레고랜드 연간회원권 뽕 뽑기는 글렀다! **76**

11일 차 새로운 세계 유니버설 스튜디오 싱가포르 **78**

12일 차 한국에서 가져온 학습지 좀 펴볼까? 네니오! **82**

13일 차 참새 방앗간이 된 캣 카페 **84**

14일 차 크리스마스 케이크 베이킹 **87**

3주 차 하루 종일 놀며 1년 살기를 꿈꿔봅니다

15일 차 가격대별 국제 학교 투어 **93**

16일 차 망고는 흔하지만, 망고주스는 레어템 **98**

17일 차 하루 종일 놀아도 2만 원 키즈 카페 **100**

18일 차 버스 타고 세계 문화유산 말라카 여행 **102**

19일 차 오늘의 하루는 기적이었다 **111**

20일 차 세계에서 가장 큰 과일 잭푸르츠와 인사 **113**

21일 차 바다 건너 해피뉴이얼 **115**

중간 점검 그 돈은 제가 다 썼습니다 **117**

4주 차 적응은 끝났는데, 사건은 계속된다

22일 차 열나신 아드님과 말레이 현지 병원행 121

23일 차 어른이 더 친구 사귀기 어려운 것 같다 124

24일 차 드디어! 레고랜드 워터파크 126

25일 차 진작 올걸! 연간회원권 뽕 뽑았다 128

26일 차 이토록 특별한 인연이라니 130

27일 차 경솔 발언이 부른 가족 초대 133

28일 차 아쿠아리움과 납작 복숭아 136

5주 차 진짜 로컬의 삶을 맛보다

29일 차 바쿠테와 딤섬 맛집 141

30일 차 오리엔탈 코피티암은 못 잊어! 143

31일 차 싱가포리언들의 성지 미드밸리몰 145

32일 차 스타벅스 vs 주스커피 147

33일 차 현지 미용실에 다녀왔습니다 149

34일 차 신세계 프리미엄 아웃렛이 여기에?! 151

35일 차 부킷인다 수요 야시장 153

6주 차 　 한 점 아쉬움이 없게

36일 차　　분위기 산책 다 되는 호수 공원　157

37일 차　　두 나라의 사이에서 일몰 크루즈　159

38일 차　　당일치기 싱가포르 여행　162

39일 차　　갓성비 레이저 배틀　166

40일 차　　벌써 마지막 밤　168

41일 차　　끝까지 잘 놀다 갑니다　170

돌아와서 　 더욱 성장한 우리

엄마와 아들의 성장, 그리고 용기 한 스푼　175

부록 1　　말레이시아, 싱가포르 기본 정보　180

부록 2　　버스로 국경 넘기 팁　185

부록 3　　준비물 체크리스트　189

부록 4　　6주 살기 비용　197

떠나요 셋이서!

용기 내는 법

출산도 했는데
까짓것 해외 살기?!

주변의 엄마들과 얘기를 나눠 보면, 한 번쯤은 아이와 함께 해외에서 살아보면서 더 넓은 세상을 보여주고 추억 쌓기를 해보고 싶어 한다. 하지만 용기가 없어서 주저하는 사람들이 꽤 많다. 그런 분들에게 해주고 싶은 한마디가 바로 '출산드 했는데 까짓것 해외 살기!'다. 어차피 해외도 다 사람들 사는 곳이다. 문화가 좀 다르지만 문화가 다르기에 오히려 이해의 폭은 넓어진다. '그럴 수 있어~' 유연한 마인드가 발휘되는 마법! 사실 언어가 부족하다 보니 한국에서처럼 따지고 싶어도 불가능하다. 그러니 내가 넓은 마음을 가질 수밖에!

그리고, 용기를 한 스푼 얹자면 요새는 어딜 가도 한국인들 천지다. 어려운 일이 생겼을 때는 한국인에게 SOS! 최후의 보루로 '어차피 한국 대사관이라는 게 있지 않나!'란 마인드를 장착하면 못 할 것도 없다. 현지 도착하자마자 통신사에서는 친절히도 현지 대사관/영사관 연락처를 문자로 보내준다. 손가락 하나로 꾹 저장하나 해놓자! '죽다 살아난다는 출산의 고통도 겪은 우리인데 까짓것 못 할 게 뭐람!' 출산의 고통과 지옥을 맛본 엄마라면, 해외 살기? 용기 못 낼 것도 없다!

둥이들이랑 해외 살기를 가기로 마음을 먹고 난 뒤, 여러 책들을 뒤져보고 인터넷을 서칭해 보았다. 하지만 정작 나라별 해외여행 3박 4일, 혹은 4박 5일 이런 식의 맛집 관광지 소개일 뿐이었다. 엄마들이 많이 관심 갖는 한 달 해외 살기 혹은 아이와 함께 해외 살기에 대한 정보가 부족했다. 또한 현지에서 정작 필요한 정보들이 조각조각 퍼즐같아서 찾기 쉽지 않았다. 그래서 내가 모은 정보들과 내가 몸소 체험하면서 알게 된 것들을 한 권의 책으로 만들어서 엄마들이 해외 살기 준비에 도움을 주고자 했다.

유튜브나 여행 프로그램들을 보면 다들 협찬과 광고가 함께해서 솔직한 후기에 대한 의구심이 들었다. 광고나 협찬 없이 '내 돈 내 산'으로 아이들과 함께 하는 해외 살기에서의 경험과 애로사항, 가볼 만한 관광지나 해볼 만한 액티비티 같은 것들에 대한 믿을만한 정보가 부재했다. 그래서 우리 둥이들과 함께 말레이시아 조호바루와 싱가포르에서 6주 살기 하면서의 경험과 노하우를 담았다. 아이들과 함께 단기 해외 살기를 꿈꿔보는 엄마들에게 조금이나마 도움이 되길 바란다.

나란 여자/나란 엄마: 대학교 4학년 여름방학 6주간 호주 브리즈번 어학연수 장학생으로 선발되어 잊지 못할 경험과 추억을 쌓았다. 마음속에 간직한 채 살다가 직장인이 되어 매년 사직서를 가슴에 품고 해외 살기를 꿈꿨다. 다시 돌아와도 재취업이 가능할 만한 적당한 경력이라 생각한 만 3년 차 회사를 그만두고 미국 샌디에이고로 떠났다. 목표도 없이, 그냥 무작정 떠났다. MBTI는 ENFP다. 특히나 대문자 P의 무계획 형이다. 목적도 목표도 없었지만 평생을 살아가는데 마음 한편에 자리 잡고 평범한 일상생활에서도 떠올리면 피식하고 웃을 수 있는 나만의 추억 힐링 타임이 되었다.

남들이 가장 우려스러워하는 나이 스물여덟 살. 너무 꼰대 같아 보이지만, 15년 전만 해도 28살은 곧 결혼과 출산을 앞둔 여성은 재취업이 쉽지 않은 우려스러운 목소리들이 많았던 때다. 하지만 그럼에도 불구하고 나는 무작정 떠났고 사람들의 우려스러웠던 상황들을 몸소 겪어냈다. 최종 면접에서 1:1 너 아니면 내가 붙는 상황에서도 떨어지면 꼭 붙은 입장은 남성이었다. 여러 번 그런 일들을 겪으면서 그런 우려스럽던 말들이 진짜였음을 체감도 했다. 그렇지만 결국 나는 재취업에 성공했고 그 후 8년의 직장 생활을 더 했다. 그런 리스크를 짊어지고서라도 떠났던 해외 살기는 그만큼 의미가 있었고, 지금은 그런 추억과 삶을 우리 둥이들과 함께 경험하고 싶었다.

초등학생 4학년인 쌍둥이 아들들과 엄마표 영어 2년→3년 차를 향해가며 아직은 공부와 관련된 학원은 보내지 않고 나와 함께 책을 읽고 있다. 방학 때마다 수학을 1학기 선행하며 (현행이라 해야 하나?) 그렇게 공부하고 있다. 일단 학원을 보내지 않으니 시간과 예산이 확보되었다. 그러다 보니 아이들과 함께 평생 잊지 못할 추억을 쌓아볼 해외 살기를 꿈꿔보게 되었다. 스무 살 독립하기 전까지 아이들과 함께 해외를 살아 볼 수 있는 기회가 몇 번이나 있을까 싶어 용기를 냈고 어느새 내 손엔 비행기 티켓이 쥐어져 있었다.

아이들의 홀로서기
독립(獨立)을 위하여

　육아의 최종 목표는 결국 독립이다. 즉 홀로서기 하게 키우는 것
이다. 아직까지는 실감 나지 않는 말이다. 물고 빨고 아직도 예뻐
죽겠고 다 해주고 싶은 내 새끼들이지만, 이제 1개월 후면 곧 초등
학교 5학년 학생이 되신다. 사춘기 초입에 들어서는 나이다. 여태
까지는 엄마인 내가 많은 것들을 해주고 도와주었다. 하지만 앞으
로는 혼자서 할 수 있는 일들은 혼자 할 수 있도록 연습하고 낯선
나라에서 그것도 '영어로 하면 더 좋겠지?'란 욕심과 함께 해외 살
기를 계획하게 되었다.

　나는 둥이들과 함께 말레이시아와 싱가포르에서의 기본적인 생
활 등을 직접 스스로 할 수 있도록 함께 영어 회화 준비를 했다. 요
즘에는 유튜브에 너무 좋은 정보들이 있어서 쉽게 정보를 얻을 수

있다. 아이들과 떠나기 전 한 달부터 레스토랑에서 일어날 수 있는 일에 대한 스크립트를 정리했다. 셋이서 역할놀이를 하면서 실전에서 어버버하지 않고, 콩글리시가 아닌 영어 표현을 할 수 있게 준비했다.

우리의 해외 살기 목적은 영어를 실제로 사용하며 배우는 것, 그리고 직접 부딪히며 다양한 해외 문화를 경험하는 것이다. 하루에 한 번 이상은 새로운 경험을 하고, 반드시 현지인과 영어로 소통해 보는 것을 목표로 삼았다.

6주 동안의 생활을 통해 국제 공용어로서 영어의 필요성을 스스로 깨닫고, 낯선 환경 속에서도 혼자 도전해 보며 더 넓은 세상에 홀로 설 수 있는 힘을 기를 수 있기를 바랐다.

말레이시아와
싱가포르 사이에서

둥이들이 다섯 살 되던 해부터는 1년에 1~2회 해외여행을 다녔다. 필리핀 보홀, 세부, 베트남 푸꾸옥, 다낭, 호이안, 태국 파타야, 방콕, 일본 후쿠오카, 오키나와 등 휴양과 관광을 많이 다녔다. 아무래도 시차 적응 필요 없고 비행시간도 무리 없는 우리나라 인근에 있는 동남아시아 부근으로 여행을 자주 갔다. 6주 해외 살기를 계획하면서도 갔던 곳 중에 더 좋았던 기억이 있는 곳으로 적응하기 쉬울 것 같은 나라를 두고 고민했다.

사실 영어권 국가를 가면 더할 나위 없이 좋겠지만 경제적인 부분이 가장 부담이 되었다. 그래서 아예 엄두도 못 내고, 해외 연수 박람회 가서도 영미 캐나다 호주 이런 데는 쳐다도 안 보고 동남아시아로 직행했다. 높은 물가와 시차 적응하기도 힘들고 아쉬운 마음에 여러 가지 단점으로 '여긴 안 돼!'라고 해서 필리핀, 베트남, 태국을 위주로 알아보았다. 그런데 '어떻게 갑자기 말레이시아와 싱가포르로 결정했냐고?!'

코로나가 끝난 뒤, 다시 슬며시 고개들은 해외여행과, 해외 살기 열풍을 통해 말레이시아란 나라의 매력을 알게 되었다. 맨 처음엔 말레이시아의 조호바루라는 곳이 우리나라의 제주도 같은 분위기와 저렴한 물가라는 소리에 솔깃했다. 아빠 없이 엄마랑 아이들만 가기에 치안이 좋다는 점에 많은 관심을 갖게 되었다. 거기에 말레이시아는, 영어를 공용어로 쓰는 선진 국가인 싱가포르와 다리 하나로 연결되어 있어 입 출국 심사 시간 제외 다리 건너는데 5분이면 된다. 당일치기로 자주 드나들 수 있다는 점이 나에게 매력적으로 다가왔다.

싱가포르는 1인당 GDP가 2024년 기준 8만 9,370달러로 IMF 기준 세계 5위다. 한국은 3만 6,132달러이며, IMF 기준 세계 29위이다. 나라 크기만으로 따지면 우리나라 서울보다 조금 더 큰 수준이라는데, 선진 국가의 모습은 어떤지 너무나 궁금해졌다. 동남아시아 하면, 물론 엄청 높은 고층 빌딩도 즐비하지만 그 주변으로는 정돈되지 않은 지저분한 길거리가 함께 떠오른다. 그런데 말레이시아와 싱가포르는 휴지 하나 볼 수 없는 깔끔한 나라라고 하니 더 기대가 되었다.

이번에 알게 된 사실인데, 싱가포르는 원래 말레이시아에 속한 나라였다. 경제적 이념과 다양한 이유로 말레이시아로부터 독립 당한 나라다. 독립 당시에는 말레이시아보다 열악하고 자원도 없고 못 사는 나라였는데, 어떻게 하면 잘 살 수 있을지 노력한 끝에 지금의 부유한 선진 국가가 되었다. 한 나라르 뿌리를 두고 있었던 터라 음식과 문화가 상당 부분 비슷한 부분들이 많았다. 그래서 나는 물가가 저렴한 말레이시아 조호바루에 터전을 잡고, 평일에는 말레이시아에서의 삶을 주말에는 당일치기로 싱가포르로 넘어가서 싱가포르의 삶을 이렇게 두 마리 토끼를 잡기로 했다. '잡은 건가?'

우리에게 맞는
어학원과 숙소 정하기

　모국어 습득 방식으로 영어를 배우는 엄마표 영어 3년 차를 향해 가고 있는 우리 둥이들에게 영어 공부에 새로운 챌린지가 필요한 시점이라 생각했다. 영어학원 한 번 안 다녀 본 우리 둥이들 '자, 이제 한 번 학업의 세계에 빠져볼까~?' 어학원에서 영어 교육을 받아보면 새로운 자극이 될 것 같다. 엄마표 영어의 부족한 부분을 채울 수 있는 기회가 될 것으로 생각했다.

　우선 어학원을 정하기 위해서 여러 가지 서칭을 하기 시작했다. 직접 다녀온 분들의 리얼 후기도 찾아보고 해외 연수 박람회도 가보고 어학원에서 직접 진행하는 설명회도 다녀왔다. 아무것도 모르는 상태에서 최대한 이것저것 주워들으려고 노력했다. 어학원들도 너무 많고 각자의 장단점도 있고 해서 선택하기 너무 어려웠다.

어느 어학원은 소수라 맘에 드는데 비용이 비싸고, 어느 어학원은 선생님 모두 원어민이라 맘에 드는데 학생 인원이 너무 많다. 또 통학하는데 통학버스 비용도 별도인 곳도 있고, 어느 어학원은 숙소와 멀다. 어느 어학원은 커리큘럼이 마음에 드는데, 등등 어학원들마다 컨디션이 달라서 선택하기가 쉽지는 않았다. 그래서 정할 때는 자기만의 확고한 기준과 아이들의 성향을 고려해서 골라야 한다.

나의 어학원 선택 기준은 첫째, 실제 경험한 엄마들의 리얼 후기가 많고 평이 좋은 곳! 이었다. 다양한 온라인 쇼핑을 통해서 깨달은 바가 있다면, 리뷰가 많고 평점이 좋으면 그건 진짜 괜찮고 믿을 만하고 거기에 지인 추천과, 재구매 '이건 찐이다!'라는 점이다. 그리고 내가 결정한 L어학원의 경우에는 한국에서 오프라인 설명회를 갔는데 재등록, 삼등록을 위해 오신 어머니들을 직접 뵈면서 신뢰가 더 올라갔다.

둘째, 단기 어학연수 외에도 국제 학교 입학을 준비하거나 국제 학교를 다니면서 영어 보충을 위해 다니는 어학원으로도 유명했다. 어학원이 생겼다 반짝하고 사라지는 경우도 많은데 십몇 년째 코로나의 위기에서도 살아남은 내공 높은 어학원이었기에 더욱 믿음이 갔다. 그리고 강사님들의 오랜 재직기간도 마음에 들었다.

셋째, 커리큘럼도 확인해 봐야 한다. 영어 도서관처럼 많은 원서가 구비돼 있었고 방학기간 동안 1k 단어 배우기라는 명확한 목표가 있어서 좋았다. 6주라는 짧은 기간 동안 목표 달성은 하지 못하였지만 그래도 목표가 있으니 우리가 어디까지 해왔고 앞으로 얼마나 더 가야 할지 알 수 있어서 좋았다.

넷째, 숙소로부터의 거리와 통학 방법을 고려해야 한다. 통학 버스를 이용할 경우에는 추가적인 비용이 발생하는 경우가 많다. 그리고 많은 학생들을 관리하다 보니 픽드랍 이슈가 발생하는 경우가 있다. 그래서 나는 먼저 어학원을 선택하고 나서 도보로 통학 가능한 숙소로 알아봤다.

다른 어학원 보다 좀 비싼 편인 부분과 금요일 수업이 짧은 점은 고민은 되었지만, 평생 한 번 있을까 말까 한 기회 인지라 이왕이면 비싸지만 만족도가 높은 게 입증된 어학원을 선택하는 것이 후회가 없을 것이라 생각했다. 확실하게 짚어 두는 부분은 100% 내 돈 내 산이라는 점과 단 1원의 혜택을 받은 점이 없다는 점이다. 나의 개인적인 L어학원의 내용은 참고만 하시되, 직접 내 아이의 성향과 예산, 지리적 조건 등을 고민하셔서 다양한 어학원을 비교 선택하시길 부탁드린다.

이제는 숙소가 남았다. 대부분의 어학원은 조식이 포함된 숙소와 연계된 상품이 많다. 특히 말레이시아 조호바루에 있는 어학원의 경우에는 P레이져, F인트리, T가 등의 호텔/레지던스와 연계된 상품들이 많다.

나는 첫째로 숙소+어학원 패키지 상품은 선택하지 않았다. 비용적인 면에서도 부담이 되었지만 그 외에도 아이들 등원하는 아침마다 수십 명의 한국 엄마들과 마주하는 상황이 나에게는 불편함으로 느껴졌다. 외향적이고 다양한 엄마들과 친분을 쉽게 쌓을 수 있다 생각되는 분들에게는 좋은 기회가 될 것이다. 그런데 '남들과 멀어진 만큼 나 자신과의 거리가 좁혀진다'고 하던가? 나는 생산적인 외로움을 선택하기로 했다. 물론 자연스럽게 만들어지는 인연이야 대환영이지만!

둘째, 말레이시아 조호바루에서 차량 유무에 따라 삶의 질이 달라진다고 한다. 그런데 나는 한국과 반대 방향의 운전은 차마 용기낼 자신이 없다. 그리고 아침마다 통학버스 시간에 맞춰 준비하는 스트레스에서 벗어나고 싶었다. 그래서 도보로 다닐 수 있는 곳으로 알아보게 되었다.

셋째, 에어비앤비 같은 숙박 어플들이 많기 때문에 내가 원하는 스타일의 집을 구하는 재미가 있다. 최종적으로 나는 도보 가능하고 최근에 지어진 깨끗한 선웨이 부근의 러 지던스를 구했다. 거기에 도보 5분권으로 큰 쇼핑몰이 있어서 편의 생활 부분도 마음에 들었다.

넷째, 살다 보면 정말 다양한 이슈들이 발생하는데 슈퍼 호스트의 숙소여야 빠른 응대 및 처리가 가능하다. 같은 숙소도 여러 숙소 어플에 올려져 있는데 각 어플마다 가격 혜택이 다르고 이벤트에 따라 다르니 꼼꼼하게 체크하고 선택하시길 바란다.

어학원 정하기 체크리스트	숙소정하기 체크리스트
✔ 리얼 후기 (평점 및 재등록여부)	✔ 어학원 숙소 패키지여부
✔ 어학원 운영 기간 및 강사 재직 기간	✔ 어학원 통학 거리 및 방법
✔ 커리큘럼	✔ 주변 편의시설
✔ 숙소로부터의 통학 거리 및 방법	✔ 슈퍼 호스트 평점 및 어플 별 가격 확인

티켓팅부터 삐걱삐걱

아이들과 해외 살기를 결심하고 나서 나라를 결정한 뒤 가장 먼저 결제한 것이 항공권이었다. 여러 번의 경험과 카더라 통신에 의해 항공권은 미리 일찍 결제하는 것이 더 경제적일 것이라 생각했다. 물론 내가 가려고 계획했던 시기에 임박해서 남는 땡처리 좌석을 얻게 되면 훨씬 좋겠지만 아이들과 함께하는 데 모험을 하기에는 너무 큰 위험이라 포기했다.

출발 3개월 전에 싱가포르 창이 공항으로 인아웃을 하는 여정으로 결정하고 남편이 대신 결제했다. e-ticket(이 티켓)을 인쇄하고 여권과 함께 고이 준비해 놨다. 그렇게 시간이 흘러 출발 3주 전이 되었다. 그러다 갑자기 남편이 "아 맞다! 며칠 전에 'important(중요)!'라고 쓰인 제목으로 항공사에서 메일이 왔던데?"라면서 메일을 토스해 줬다. 우리가 예약했던 시간보다 2시간씩 스케줄이 앞당

거졌다. '2시간 정도야 아쉽지만 어쩔 수 없지!'라는 마인드였다.

그런데 '이게 웬걸!' 한국으로 돌아가는 비행기 날짜와 예약해 놓은 숙소 날짜가 맞지 않는다. 숙소 체크아웃 날보다 2일 후로 돌아오는 비행기 날짜가 잡혀있는 것이다. '이런 걸 실수하다니! 진짜 국제 미아 가족 될 뻔했네!'라며 '실수를 그래도 이제라도 알게 돼서 다행이다'라며 가슴을 쓸어내리며 추가 여행 일정을 짜고 호텔도 예약했다. '그래 이렇게 된 거, 2일 더 여행 즐기다 오지 뭐!' 이런 식의 긍정 회로를 돌렸다.

이제 짐을 꾸리자 싶어, 물품과 준비물을 정리했다. 챙길수록 수하물 크기와 무게가 걱정되기 시작한다. 다시 한번, 남편에게 예약한 싱가포르 스쿠트 항공에 들어가서 확인을 요청했다. 그런데 '이게 무슨 일이야!' 단순히 남편이 착각해서 날짜 실수를 한 것이라 생각했는데 자세히 알아보니 항공사에서 임의로 날짜와 시간을 변경한 것이었다. '우스갯소리로 싱가포르를 잘 사는 북한이라더니, 정말 그런 거였단 말이야?' 싶었다. 모르고 지나갔으면 우리 실수라고 생각하고 넘겼을 테지만 시간 변경이 아니라 날짜까지 임의 변경은 너무한 게 아닌가 싶었다.

업체로부터 3가지 옵션이 왔다. 100% 환불이나, 2주 이내의 항공 스케줄 변경 예약, 혹은 120% 가격에 상응하는 비행기 바우처로 제시됐다. 우리는 다른 항공사 티켓을 알아보고 세 명에서 45

만 원의 비행기 값을 더 싸게 예약할 수 있게 되어 기존 항공권은 100% 환불 신청을 했다.

'가기 전부터 왜 이렇게 다사다난한 거지? 복선인가?' 가서도 고난의 그림자가 드리워지는 듯 불안감이 엄습했다. 준비할수록, 알아볼수록 걱정과 두려움이 생겼기에 '나 혼자 가서 잘할 수 있을까? 나 혼자 애들 잘 케어할 수 있을까?'하고 걱정의 걱정이 꼬리를 물며 멘탈이 흔들렸었다. 하지만, 역시 모든 일에는 무조건 좋은 일, 무조건 나쁜 일만은 없다. 갑작스러운 날짜 변경에 당황했지만 결국에는 더 싼 값에 결제하고, 아낀 금액으로 호텔까지 예약할 수 있었다. 그리고 무엇보다 '이러한 변수에도 어쨌든 잘 해결하지 않았나?!' 하는 자신감도 얻었다. '그래, 까짓것 해보는 거지 뭐!' 두려움을 막무가내 자신감으로 무장시켰다.

멍청과 열정 사이
다사다난 적응기

순조로운 출발

행운의 **눕코노미**

대통령의 계엄령으로 인해 온 나라가 난리인 상황에, '우리 출국 가능한 거야?' 내심 걱정했는데 뭐가 됐든 출발했다. 미리 예약해 놓은 인천공항 리무진을 탔다. 처음 타본 리무진도 우리 둥이에게 는 신기한 경험이구나? 기사님께 캐리어를 드려 싣기도 하고, 다리 받침도 뻗어보고 의자를 뒤로 밀어 등을 편안히 누워본다. 다들 주 무시는 분위기 눈치채고 학교 수업을 마치고 와서 피곤한지 둥이들 도 한숨 눈을 붙인다.

리무진은 인천공항 제1터미널 문 앞에 바로 내려준다. '이 맛에 리무진 탄 거지!' 기사님이 친절하게 캐리어를 하차시켜 주신다. 진 짜 남편 없이 나랑 둥이들만 셋이 떠난다. 이제 시작이다.

사람은 셋, 캐리어는 넷! 네 개의 무거운 캐리어를 어떻게 끌고 다닐까 한숨이 푹푹 나왔었는데 '이게 웬일?' 초4 아들들이 나서신다. 아기로만 보였는데, 언제 이렇게 다 컸대? 카트를 가져오더니 그 무거운 캐리어까지 둘이서 협동해서 들어 옮긴다. '뭐지 이 든든함? 엄마 살짝 기대도 될까?' 이 아들의 든든한 감정, 아들 엄마들에게 사진 찍어 공유했다. 딸 없는 서러움 같은 건 지금 안중에 없다. 셋이 6주 해외 살기 잘해낼 수 있을 것 같다.

앞에서 얘기했듯 출발 2주일 전 스쿠트 항공의 일방적인 어이없는 항공 일정 변경에 100% 환불하고 티웨이항공을 싸게 티켓팅했다. 체크인을 하는데 '이렇게 친절하시고 좋은 분을 만나게 될 줄이야?!' 우리가 탈 비행기는 2-4-2행으로 좌석이 배치되어 있었다. 우리는 3명이라 4열로 나열된 부분을 선택해야 했다. 늦게 체크인을 했음에도 불구하고 빨리 타고 빨리 내릴 수 있는 앞좌석에 배치해 주셨다.

4열의 나머지 한 좌석은 교통 약자석 자리라 일반 사람들이 선택할 수 없고 거의 비어서 가는 경우가 많다고 한다. 교통약자가 없길 바라며 누워서 가는 눕코노미를 꿈꾸며 체크인을 마쳤다. 체크인을 마친 뒤 인천 공항에 있는 로밍센터로 향한다. 미리 내 핸드폰으로 로밍 신청을 해놨고 아이들 폰 가족 결합으로 묶으려 준비해 온 가족 증명서를 내민다. 20세기에나 볼 법한 아들들의 폴더 폰을 접한 로밍센터 직원은 잠시 많이 당황한다. "입사 이래 이런 핸드폰은 처음 봐요!"

사실 스마트폰이긴 하나 다 막아놨고 겉모습은 2G 폴더폰이다. 될지 안 될지 나도 사실 몰라 같이 당황하고 있었다. '비상용으로 꼭 아이들 핸드폰 들고 가고 싶은데….' 친절하셨던 직원분께서 로밍 신청에 성공하셨다. 많이 당황하셨지만 너무 친절하게 응대해 주셔서 나는 그 바쁘고 정신없는 와중에 서비스 만족도 조사 링크를 타고 구구절절 감사함을 담아 만점을 드렸다. '고마움은 꼭 갚는 나 자신 칭찬해!' 친절은 아이들도 다 느꼈나 보다. 우리 체크인할 때도, 로밍할 때도 너무 좋은 사람들을 많이 만났다며 너무 친절하시지 않냐며 같이 순조로운 출발에 감사함을 느꼈다.

다음은 환전이다. 이미 나는 트래블월렛과 트래블로그로 수수료 없이 저렴하게 환전을 해놨고 도착하자마자 필요한 소액은 은행 앱을 통해 환전 신청 해놓았었다. 같은 날 환전 신청한 상태로 비교해 보니 트래블로그의 환율이 훨씬 좋았다. 후발주자로서 좀 더 혜택을 강화한 것 같다. 그 덕에 나는 트래블로그를 주야장천 썼다.

은행 창구에 가서 환전을 하고, 아이들은 미리 계획했던 용돈을 가지고 가서 환전을 했다. 인천공항 은행 창구에서 환전하는 건 수수료가 너무 크게 차이가 났다. 그래서 아이들에게 비교 설명을 해줬고 당장 필요한 소액만 환전하고 나머지는 엄마 뱅크를 통해 환전을 해주기로 했다. 뭔가 경제 교육시킨 것 같은 뿌듯함으로 정신

없음을 위로해 본다. 이젠 비행기 타기 전까지 대략 2시간 남았다. '마지막 만찬을 즐겨볼까?'

마지막이란 점에 포인트를 주고 괜히 한식을 더 먹어본다. 순두부찌개와 간장 불고기 세트가 꽤나 맛있다. 평소의 나라면 맥주 한 캔 마시고 비행기 안에서 숙면을 취해 줘야 하는데, 여기엔 남편이 없다. '내가 리더다. 정신 차리자.' 창이공항에 새벽에 도착해서 노숙까지의 여정을 견뎌내기 위해 맥주는 잠시 참아본다. 바라던 대로 교통 약자석이 비어서, 눕코노미를 이뤘다. '한자리 비어 있다고 이렇게 편할 수가!' 허리 디스크가 있는 필자는 비행기 탈 때마다 곤혹인데 누워서 가니 너무 좋았다.

다른 분들의 부러움을 느낄 수 있었다. 누웠겠다 잠을 좀 자고 갔으면 하는데 나이가 들어갈수록 왜 이렇게 예민러가 되는 건지···. 옛날의 나라면 이동 수단만 탔다 하면 바로 곯아떨어졌지만 최근 몇 년 전부터는 잠을 잘 이루지 못한다. 핸드폰을 보다가 눈을 감고 누웠다가를 반복하는데, '이런!' 둥이들도 한숨을 못 잤다. 너무 초저녁 비행이기도 했고 평소에 제한되었던 유튜브 영상을 다운받아 와서 밤새도록 보며 온 것이다.

공항 도착하자마자 동틀 때까지 노숙하고 호텔에서 얼리체크인이 안 된다면 안 그래도 강행군 여행 일정에 '힘들 텐데···.'라는 걱정과 함께 뭐가 됐든 싱가포르 땅을 밟았다.

1일 차

생고생 노숙부터 시작한 싱가포르 투어

그럼 이제 노숙할 장소를 찾아볼까? 워낙 싱가포르 창이공항이 깨끗하고 쾌적하며 경유하는 여행객들이 노숙하는 경우가 많아 둥이들과 사서 하는 생고생을 해보고 싶었다. 아들들을 강하게 키우고 싶은 마음이 발동한 것도 있고 편한 여행보단 고생한 게 원래 기억에 오래 남는 법이다. 좀 더 구석지고 불빛 없는 노숙하기 좋은 장소들이 있다던데, '우리도 그런 곳을 찾아보자!'하며 짐을 끌고 갔다. '이게 웬걸?!' 피부색이 다른 인종들이 낯설었던지 둥이들이 뒷걸음질 친다. 사실 나도 그랬다.

아직은 낯섦과 선입견에 의해 노숙하기 좋은 명당을 그들과 함께 하진 못하였다. 우리는 파리바게트가 크게 자리 잡고 대낮처럼 환하게 불이 밝혀진 곳에 자리 잡았다. 과연 '이곳에서 잠을 잘 수 있

을까?' 나 아무래도 오바한 거 같다. 하지만 겉으론 아무렇지 않은
척해 본다.

창이공항에서의 노숙. 엄마는 딥 슬립, 둥이는 날밤을.

'쫄지 말자. 내가 쫄면 애들도 쫄아.' 씩씩한 척 아이들에게 말을
건넨다. "얘들아 여기서 우리 셋이 돌아가면서 잠을 자자! 짐을 지
켜야 하니까!" 결론을 말하자면 나는 못 잘 것 같던 바닥에서 돗자
리에 누워 침까지 흘리며 딥 슬립 했다. 나는 너무 잘 잤고 개운했
고 호텔 숙소 얼리체크인이 안 된다 하더라도 여행의 일정을 시작
할 수 있을 것 같은 상쾌한 컨디션이 됐다. 문젠 둥이들이었다. 유
튜브에 괴력을 발산하셨다. 이분들 꼴딱 밤을 새워서 유튜브 영상

을 보셨다. 자기네가 짐을 지켰단다.

평소에 10시에 눕자마자 1초면 잠에 드시는 양반들께서 유튜브에 고삐가 풀려 잠을 스킵하셨다. '미치겠네. 오늘 하루 어쩌지?!' 일단 날은 밝았고 MRT(지하철) 첫 시작이 되었다. 아이들과 함께 창이공항에서 MRT를 타고 예약해 놓은 싱가포르 그랜드파크 시티홀 호텔로 향했다. 얼리체크인과 레이트 체크아웃은 케바케(케이스 바이케이스)로, 어느 호텔이든 운에 맡겨야 한다. 얼리체크인이 된다 하더라도 그 시간이 오전 10시~12시 사이 정도 될 거라고 예상했다.

'그런데 웬걸?' 오전 7시 전인데 얼리체크인이 가능하다. 별도의 추가 비용 없이! "땡큐!"를 연발했다. 입실 후 둥이들은 아직도 허세를 부려본다. 둥이 왈: "안 자도 괜찮아요. 그냥 나가요!" 나 왈: "안된다 아들아! 오늘 저녁 가든스바이더베이 가든 랩소디(슈퍼 트리 쇼)도 볼 거고 마리나베이 호텔 분수 쇼도 볼 거란 말이야. 그럼 저녁 10시나 돼야 우리가 다시 컴백하는데 그때까진 무리야. 안돼. 자고 가야 돼! 일동 취침!" 나 포함 둥이들도 잠들었다.

나는 배가 고파 깼고 아들들은 감감무소식이다. 일부러 건드려도 보는데 기절이다. 더 기다려 보다 아사 직전에 도저히 안 되겠기에 아들들을 흔들어 깨웠다. 샤워부터 시키고 정신 차리고 물이랑 간단하게 가방을 챙겨 나섰다. 싱가포르가 작다고는 들었는데 진짜 웬만한 곳을 걸어 다니기가 어렵지 않았다. '저기 봤던 덴데, 저기도?' 근거리에 모든 게 다 있었다. MRT 타고 다니는 것도 쉽고, 구글 지도 켜고 돌아다니는 것도 어렵지 않다.

연애 때부터 지금까지 12년 정도를 남편이 웬만한 건 다 알아서 하는 스타일이라 나는 항상 뒤에 물러나 있었다. 그리고 그냥 그렇게 따라다니는 게 편했다. 그렇기에 사실 남편 없이 아이들을 데리고 타지에 오는 게 쉬운 결정은 아니었다. 출발 직전까지 두려움이 더 컸었다. '그래도 뭐 어떻게든 되겠지!'란 마인드로 출발했는데 막상 와서 해보니 '어라? 별거 아냐! 나 좀 잘하는데?' 6주 살기 두려움이 자신감으로 채워졌다.

'여기저기 잘 쏘다녀 보자. 레츠 고!' 원래 나의 계획은 오전 7시부터의 일정이었으나 오후 1시가 돼서야 시작되어 대폭 수정되었다. 덕분에 너무 가보고 싶던 송파바쿠테 본점을 가게 되었다. 바쿠테란 우리나라의 갈비탕 같은 음식이라고 생각하면 된다. 킬 포인트는 무한 리필되는 국물이다. 손 들어 "익스큐즈미!"를 외치기도 전에, 수시로 와서 아직 국물이 반도 더 남았는데도 와서 채워준다. 우린 한 번 리필로 만족했다.

'이젠 다음 식문화를 즐기기 위해 떠나볼까?' 다음 행선지는 야쿤 카야 토스트다. '원래도 카야 토스트를 좋아했는데 싱가포르 카야 토스트는 얼마나 맛있을까?' 그리고 수란(덜 익은 계란으로 반숙과는 다르다)에 찍어 먹는 게 너무 궁금했다. 싱가포르의 카야 토스트 양대 산맥 야쿤과 토스트 박스로 비교 먹방 하러 떠났다. 우리 셋의 만장일치로 야쿤 카야 토스트 승리다. 개인 취향의 차이인데, 폭신함보단 바삭함을 좋아했던 것 같다. 그리고 더 결정적인 건 야쿤 카야 토스트를 좀 더 배가 덜 찼을 때 먹었단 점이 토스트 박스에 불리하게 작용했을 터. 뭐 어차피 우리만의 맛 평가였으니까.

'구글 지도의 평가는 진짜 객관적이라고 해야 하나?' 특히나 한국 사람들의 리뷰는 기가 막히게 맞아떨어지는 것 같다. 야쿤 카야 토스트를 먹으러 가기 전 리뷰를 봤는데 여러 리뷰에 직원의 불친절함이 쓰여있었다. 역시나 거기서 나도 직원의 불친절에 기분 상하는 일을 겪었다. 다 먹었고 아이들이 아직 음료를 마시고 있는 상태였는데, 직원이 와서 트레이를 가져가도 되냐고 묻더니, '휙!' 하고 얼굴에 아주 그냥 썩소를 날리면서 가져갔다. 우리가 치워달라고 한 것도 아니고 아직 먹고 있는 중이었는데 본인이 와서 가져가도 되냐고 물어놓고선 왜 저러는 거지?

왜 저렇게 대하는지 순간 기분이 나빴다. 둥이들도 이 상황이 어이가 없던지 "왜 저렇게 화를 내시면서 가져간 거예요?"라고 물었다. 문화의 차이일까. 개인의 차이인 걸까? 다시 한번 도덕 교육 들어간다. "둥이들아, 저 직원분이 기분이 안 좋은 일이 있으셨나 봐. 그런데 분명한 건 기분이 태도가 되면 안 돼! 너희들도 기분 나쁠

때가 있을 거거든? 하지만 너희가 기분 나쁘다고 다른 사람한테 그렇게 행동하면 안 되는 거야!" 사실, 나도 내 말처럼 잘하고 있는 건 진 모르겠다. 매번 나한테 제일 약자인 둥이들한테만 화내고 짜증을 내고 있으니 말이다. 다시 한번 반성해 본다.

걸어가는 길에 그냥 지나칠 수 없는 자판기 음료수를 만났다. 오렌지주스 자판기는 진짜 최고다. 사악한 싱가포르 물가에서 가장 웃으며 행복하게 살 수 있는 5개의 오렌지를 착즙한 주스가 2싱 달러다. 위치에 따라 3싱 달러인 경우도 있다. 우리나라 돈으로 대략 2,100원 정도인데 달고 시원한 게 어찌나 당 보충이 되던지, 덥고 습한 싱가포르 날씨에 여행이 지칠 때쯤 한 번씩 이용하면 호랑이 기운이 솟아난다. 오렌지 외에도 사탕수수 착즙 자판기도 만날 수 있다. 그것도 기가 막히다. '어찌나 단지 달아서 어미는 현기증이 난단 말이다!' 그런데 둥이들은 잘도 마신다.

오전 식사는 이렇게 마무리했다. 아직 내 자신감은 유효했다. 그러나 그 자신감은 얼마 가지 못했다. 갑자기 2호 님께서 다리가 너무 간지럽다며 양 다리를 긁기 시작하고 갑작스럽게 오돌토돌 큼직하게 발진이 올라왔다. '오 마이 갓! 모기에 물린 걸까? 혹시 호텔에 진드기가 있었던 걸까?' 내가 그동안 봐왔던 최악의 자극적이었던 동영상들이 머릿속에 떠올랐다. '숙소로 다시 들어가서 한국에서 가져온 피부 만병통치약 비판텐을 발라야 할까? 돌아가려면 동선이 너무 꼬이는데? 첫날 이런 시련이 온다고?' 일단 쇼핑몰 안에 우리나라의 올리브영 같은 곳을 들어간다. 파스도 있고 여러 연고도 있다. 직원에게 물어보자! 묻기 전, 네이버에 검색해 본다.

'피부 발진, 가려움이 영어로 뭐지? a skin rash, itchy.' 직원에게 준비한 영어 단어를 쏟아 내 본다. '이런 젠장.' 내 발음을 못 알아듣는다. 결국 핸드폰 속 영어 단어를 보여준다. 추천을 부탁했더니 나를 연고가 있는 코너로 안내해 2개 추천했다. 만병통치약 비판텐 포함. 그건 숙소에 있으니 일단 다른 연고를 써보자 싶어 추천해 준 빨간 연고를 픽했다. 계산하자마자 2호 님 다리를 붙잡고 발라준다. 여러 차례 발라주고 났더니 다행히 그날 밤 싹 가라앉았다. 잠시나마 건방졌던 나 자신 반성해 본다. 겸손함 패치 부착한다. '다른 거 다 필요 없고 건강하게, 안전하게 간 6주 살다 한국 돌아가게 해주세요!'

일단, 급한 불은 껐고 남은 일정을 소화해 본다. 그랩을 잡고 가든스바이더베이로 넘어간다. 비가 마구 쏟아진다. 맞고 다닐 수 있는 수준이 아니게 내렸다. 그랩 기사님께 여쭤본다. "보통 비가 내리면 얼마나 내리나요?" 10~20분 정도고 많이 내릴 때는 1시간 정도 생각하란다. '그 정도는 껌이지! 우기라 하더라도 우리나라 장마랑은 진짜 많이 다르구나?' 둥이들과 그랩 안에 있을 때 비가 내려 럭키하다며 조잘조잘 대화하며 가다 보니 어느새 가든스바이더베이에 도착했다. 우리는 포레스트와, OCBC스카이워크 or 전망대 그리고 원더랜드(12월엔 원더랜드라는 이름으로 유료로 슈퍼 트리 가든 랩소디를 즐길 수 있다.) 패키지로 구입했다.

OCBC스카이워크에서 보이는 마리나베이샌즈 호텔

OCBC 스카이워크에 고소공포증이 있는 분이라면 힘들 수 있다. 우리 2호 님께서 고소공포증임에도 손잡고 함께 걸었다. 높은 곳에서 내려다보는 풍경도 멋있고 마리나베이 호텔을 배경으로 사진 찍기에도 너무 좋다. '포레스트와 플라워 돔 중에 어떤 걸 선택할까? 두 개 다 선택할까?' 여러 고민들이 있었는데 아이들과 함께 힘들 수 있고 약간 어떻게 보면 이미 본 듯한 기시감이 든다는 이야기가 있어서 포레스트로 픽했다. 자동문으로 열리자마자 그동안 습하고 더웠던 공기가 사라지고 시원한 공기와 함께 시원한 물줄기 폭포를 만난다. '와우~!' 이런 감탄사가 절로 나온다.

플라워돔까지 구경했으면 이렇게까지 감탄사가 나오진 않았을 것 같았다. 한 개만 선택하길 잘했다 싶었다. 이젠 좀 지치기도 하고 다리에 휴식이 필요하기도 하고, 아이들과 식사를 하러 간다. 다양한 먹거리가 있지만 공룡 인테리어로 해놓은 쥬라식네스트 푸드홀로 향한다. 아이들 즐겁게 해주고 싶은 맘에 굳이 공룡 식당으로 온 건데 공룡에 반응이 시큰둥하다. '공룡을 뗀 나이가 됐구나! 나혼자 짜잔~!' 실제 반응은 아무 감흥이 없었다. '컸네 다 컸네! 흥칫 뿡!' 다행히 음식이 너무 맛있다. 미슐랭 원 스타 선정된 호커찬 치킨라이스가 너무 맛있다. 그리고 빕 구르망에 선정된 나시르막이 기가 막히게 맛있었다.

실컷 즐긴 거 같은데 아직 해가 지지 않는다. 맥도날드로 가서 디저트를 먹으며 원더랜드 입장 시간을 기다려본다. 아이들이 뛰어놀면서 물놀이도 가능한 칠드런 가든에 가려고 수영복도 싸 왔는데, 안 가신단다. 발밑에 물만 나오는 분수만 있어도 수영복 없어도 그냥 뛰어 들어가던 둥이었는데, 싱가포르 와서 우리 둥이들이 꽤나 컸다는 걸 여러 번 느낀다. 그냥 맥도날드에서 기다렸다.

평소에는 무료지만 12월엔 슈퍼 트리 쇼(가든 랩소디-슈퍼 트리 불빛 쇼)가 원더랜드라는 이름으로 다양한 이벤트들과 먹거리, 조명으로 예쁘게 꾸며놓고 유료 입장을 한다. 어느새 7시 45분 슈퍼트리 가든 랩소디 시간이 되어 간다. 사람들이 빽빽하게 자리 잡고 앉아 있다. 우리는 좀 더 외진 곳으로 자리 잡았다. 준비성 철저한 사람들은 돗자리도 준비해 왔다. 그런데 지금은 싱가포르가 우기라 거의 하루에 한 번은 비가 쏟아져 깨끗하니 돗자리는 패스해도 될 것 같다. 우리는 그냥 바닥에 누웠다. 누워서 반짝이는 조명 쇼를 보고 있자니 여기가 별천지다. 천국이 따로 없다. 앉아서 보는 것보다 누워서 보는 걸 추천한다. 훨씬 여유롭고 밤하늘의 쏟아지는 별처럼 느껴진다.

실컷 구경했고 이젠 호텔로 돌아가고 싶다. 하지만 아이들은 파워(〈POWER〉 feat.지드래곤)가 빠워빠워하다. 사테 거리를 가야겠단다. 아이들을 데리고 사테 거리는 비추한다는 후기들을 많이 보았다. 너무 사람이 많아 자리 맡기도 어렵고 사테(꼬치구이) 굽는 연기가 가득하여 뿌옇게 되어 있어 정신이 하나도 없단다. 아이들을 케어해야 하는데 자리 맡으랴 주문하러 가랴, 난리 통 일 게 눈에 훤했다. 그리고 또 그랩을 잡아 그곳까지 가기가 체력과 상황이 쉽지 않았다. 그래서 포기하고 있었는데 가든스바이더베이에 사테 바이더베이가 있었다.

꼬치구이 사테와 함께 찍어 먹는 땅콩 맛이 가미된 특제소스.

이정표를 따라가다 보니 금세 나왔다. 깔끔하고 쾌적했다. 여기는 사테만 파는 게 아니라 다양한 음식을 파는 푸드코트처럼 되어 있다. 사테 집이 몇 개 안 됐는데도 사테 굽는 연기가 뿌옇게 가득 찼었다. '와, 진짜 사테 거리 가면 앞이 안 보이겠는데?' 싶었다. 우린 소, 닭, 새우를 선택했고 10여 분 기다렸다가 받았다. 진짜 너무 맛있었다. 고기의 질도 좋았고 찍어 먹는 소스가 완전 매력 있다. 약간 '우리나라의 돼지/소갈비 양념이랄까?' 그 양념에 땅콩소스 맛이 가미되어 감칠맛이 확 도는 너무 맛있는 증독성 있는 소스다. 너무 맛있다. "안 먹었음 큰일 날 뻔했네!"를 둥이들과 연발했다.

배부르게 먹었고 하루 종일 실컷 재밌게 늘았으니 숙소로 가 누워 자고 싶은 마음이다. 그랩을 잡으려 노력했고 찾아 헤맸지만 결국 우린 그랩 승하차 zone(존)을 못 찾았다. 무거운 발걸음을 이끌고 MRT를 탔다. "아빠였다면 바로 찾았을 텐데….".라며 핀잔을 주는 아이들에게 '나도!! 나도 남편이 그립다 이놈들아!!' 속으로 외치며 쿨한 척 MRT 개찰구를 빠르게 들어간다. 그렇게 우리의 1박이 지나갔다.

2일 차
멍청과 열정 사이

오늘은 말레이시아 조호바루로 넘어가는 날이다. 가는 동선을 보니 싱가포르 사이언스 센터를 들리면 완벽하다. '나란 여자 완전 칭찬해!' 미리 알아봤더니 캐리어도 맡길 수 있단다. '안 갈 이유가 없지! 아이들에게 과학관 얼마나 유익해?' 캐리어 네 개를 끌고 대신 계획했던 2층 버스는 포기하고 그랩으로 이동했다. 무거운 캐리어는 호텔 앞 벨보이가 실어줬고, 편안하게 탑승했다. 그리고 도착해서 그랩 기사님이 캐리어를 꺼내주셨다. 감사한 이들이 한둘이 아니다.

미리 사이언스 센터 입장권을 구매해 왔고, 짐을 맡기겠다고 당당히 요구한다. 우리를 사무실로 안내한다. 잠시 후, 짐을 검사한다. 네 개의 캐리어를 다 열어서 확인 후 맡기는데, '이런! 무료가 아니다!' 캐리어 하나당 8싱 달러다. 대략 한 개당 8,400원꼴, 네 개면 총 33,600원의 멍청 비용이 발생하게 생겼다. 내가 봤던 후기에서 분명 캐리어 짐 맡아준다고 했는데 유료란 말을 전하지 않았던 것이다. 뒤늦게 깨달았다. 배보다 배꼽이 더 큰 상황이 발생했다.

난감해하니 가장 크고 무거운 것만 맡기고 들어가란다. 두 개만 맡기고 두 개는 끌고 들어갔다. '어차피 아이들만 체험하고 나는 따라만 다닐 거니까'라고 위로하며 두 개의 캐리어를 끌고 다녔다. 그나마 다행히 중간중간에 유모차 세워 놓는 곳에 같이 스을쩍 놓아 둬 본다. 어차피 중요한 물건은 없는 캐리어라, 될 대로 돼라의 마인드도 좀 장착했다.

사이언스 센터는 아이들이 즐기기에 너무 좋았다. 과천 과학관처럼 너무 크지는 않았지만 적당한 크기에 다양하게 체험해 볼 수 있었다. 특히나 아이들이 좋아했던 것은 태풍 체험과 내진 건물 블록 쌓아보기 등, 그리고 이어진 파이어 토네이도까지! 밖에 물놀이 가능한 곳도 있어 하루 종일 놀라면 놀 수도 있을 것 같다. 우리는 버스로 국경 넘기 대망의 이벤트가 남아 있어서 4시쯤 적당히 놀다 나왔다.

버스로 싱가포르-말레이시아 국경 넘기 도전

6주 살기 떠나기 전 가장 나에게 큰 스트레스를 주었지만 꼭 해보고 싶었던 버스 타고 국경 넘기 도전이다. 많은 후기들과 사람들의 이야기에 따르면 짐 많고 아이가 있으면 무조건 밴을 이용하란다. 그런데 나는 뭔 삐딱 선인지 모르겠는데 굳이 이 많은 짐을 들고 둥이들이랑 밴 대신 버스로 건너가겠단다. 나도 참 나다. 노숙부터도 그렇고, 뭔가 좀 힘들어야 기억에 남는 것 같다. 평생 잊지 못할 그런 임팩트 있는 경험을 하고 싶었다.

버스비를 내고 버스 타고, 기사님들이 짐 올리는 것도 도와주고 너무 감사했다. 그런데 이때부터가 문제였다. 사람이 많은 버스에 캐리어를 들고 타니 이런 민폐가 없다. 바퀴가 달려 있으니 우회전할 때, 좌회전할 때 이리저리 캐리어가 움직이기 시작한다. 붙잡고 있지만 중심 못 잡고 나도 캐리어와 함께 같이 움직여댔다. '난리 블루스란 말이 이런 거구나.' 싶었다.

출국심사를 하러 버스에서 내린다. 캐리어를 많은 분들이 도와주셨다. 육체적 힘도 힘이지만, 정신적으로 피폐해지고 있었다. 너무 민폐란 생각이 지배당하고 있었기 때문이다. 그런데도 이제 와서 되돌릴 방법도 없다. 이미 출국을 했고 조호바루로 가는 세컨링크 투아스를 건널 다른 방법은 없다. 또 버스에 오른다. 다른 사람들의 도움을 또 받는다. 또 내린다. 이번엔 말레이시아 입국 심사다. 입국 심사 후, 이제 마지막 버스를 또 탄다. 이번엔 다행히 사람이 별로 없는 버스다.

그래도 결국엔 도착이란 걸 했다. 캐리어 네 개를 끌고 버스를 세 번이나 갈아타며 결국 국경이란 걸 넘었다. 민폐가 죄송스럽기도 하고 뭐가 됐든 성공을 하기도 했고 다양한 감정들이 뒤섞여 미치광이처럼 웃음이 났다. 그나마 다행스러운 것은 둥이들은 그렇게 힘들어하지 않았다는 점이다. '그럼 됐다. 어미만 힘들었으면 됐다. 내가 판 무덤이었으니 내가 감당하면 됐지!' 그리고 큰 산을 넘은 것 같아서 이제 못 할 것도 없고 겁나는 것도 없다.

집에 도착해서 아이들과 이야기를 나누는데, 버스가 국경을 넘는 순간 우리 셋은 모두 같은 생각을 했다. '나라 사이도 이렇게 쉽게 버스로 오가는데, 정작 같은 땅인 한반도는 남과 북으로 갈라져 서로 오갈 수 없다니!' 넘을 수 있는 선과 넘을 수 없는 선의 차이를 아이들과 함께 체험 한 시간이었다.

세계적인 기업 그랩과 맞다이

쉽지 않은 여정을 보내고 처음 맞는 프라이데이 나잇! 불금 보내자는 의견에 동의하며 그랩 어플을 켜고 가장 평점이 높은 집의 사테(꼬치구이)를 시켰다. 30분 정도 걸린다는데 '그 정도 기다리지 뭐!' 이때부터가 문제의 시작이었다. 계속 시간이 10분씩 지연된다. '아 맛집인가? 주문이 많은가 보다.' 기다리기 시작했다. 그런데 이건 정도를 지나쳤다. 취소를 하고 싶어도 이미 음식 준비 중이라 취소가 불가하다. 취소 버튼을 얼마나 찾아봤던지….

그랩 기사님이 지정됐다고 떠서 기사님께 메시지를 보내본다. 답이 없다. 왓츠앱으로 전화를 걸어본다. 받질 않는다. 주문 시간이 이미 3시간 지나 자정이 되어 간다. 아직도 음식 준비 중으로 화면은 떠 있다. 아무래도 이건 이상하다 싶어 어플에 다시 들어가 가게를 확인해 보니 이미 close(닫음)으로 되어 있다. '이게 뭔 말도 안 되는 상황인가?' 날이 밝고 아침이 되어서도 음식 준비 중이라고 떠 있는데 식당은 아직 열지도 않은 시간이다.

예상해 보건대 주문이 들어갔고 실수로 주문 접수를 해놓고 퇴근을 해버린 것 같았다. 어차피 어제는 지나갔고 오늘이 되었으니 배달도 안 왔고 그렇게 그냥 끝나는 줄 알았다. 그런데 갑자기 배달 중이라고 뜨고 오토바이가 움직인다. 먹고 싶었던 건 어제였지 지금 아침이 아니란 말이다. 그래도 배달이 온다니 받으러 나갔다. 결론적으로 나는 배달을 받지 못했는데 배달 완료 처리가 되고 비용 결제가 되었다.

그랩 어플에서 컴플레인 걸기가 쉽지 않다. AI로 답변이 다 넘어가 나 같은 특이 케이스의 경우를 클레임 걸기 찾기가 쉽지가 않았다. 겨우 찾아내서 자초지종을 설명했다. 그런데 답변은 이렇다. "배달 파트너에 확인해 보니 배송이 완료된 것으로 확인된다." 환불을 해줄 수 없단다. 이때부터 뒷목 잡기 시작했다. 프라이데이 파티 투나잇을 못 한 것도 억울하고 3시간이나 기다리다 지쳐 잠든 것도 화가 나는데, 못 받은 배달을 받았다고 결제를 해버리니 이건 도저히 돈의 액수를 떠나서 그냥 넘어갈 수가 없다.

더 이상 내 능력으로 따질 재간이 없다. '파파고 등장이요~ 진작 쓸걸!' 한국말로 나의 억울함을 마구 쏟아낸다. 그랩 측에서 문제가 확인되었고 환불을 바로 해주겠다고 답변이 왔다. 환불은 당연하고 3박 4일 동안의 정신적 스트레스를 보상하라고 던졌다. 오버했다. '여긴 동남아이지 않은가!' 혹시나 싶었지만 결론은 환불로 끝. 이 과정이 3박 4일에 걸쳐 이뤄진 일이었다. 이런 에피소드는 만들래야 만들 수도 없을 것 같은데 여하튼 그랩이랑 맞다이 붙어서 내가 이기긴 했는데 진 것 같은 기분은 기분 탓일까?

키즈카페형
어린이 영화관

상영관 안에 볼풀 슬라이딩이 있는 키즈카페형 영화관

말레이시아 조호바루 신도심 선웨이 빅박스 몰 안에 어린이 영화관이 있다. 일단 쾌적함과 스케일, 아이들을 위한 전용관이라는 것에 놀랐다. 상영관 들어가기 전 입구에 키즈카페를 만들어서 아이들이 놀다가 들어갈 수 있게 연결해놨다. 상영관 안에도 미끄럼틀과 볼 풀장을 만들어 놔서 아이들이 뛰어놀기 아주 좋았다.

여기서는 아이들에게 조용히 하라고 지적하지 않아도 되고 귓속말로 잔소리 안 해도 된다. 에브리바디가 다 시끄럽다. 영화에 집중하기는 좀 어려운 구조다. 7세 이하는 그냥 미끄럼틀 볼 풀장에 놀러 왔다고 보면 된다. 그러면 키즈카페를 갈 것이지 여기를 왜 오나 싶은데, 다양한 연령대의 형제자매 가족들이 왔다. 우리 둥이 같은 연령대 형님들은 자리에 눕거나 앉아서 영화를 잘 봤다. 집중하기 쉽지 않은 환경이지만 어차피 영어로 나와서 못 알아듣는 부분도 많았을 거고 애니메이션이라 화면으로 이해하는 부분도 많았을 터라 재밌는 경험이었다.

"다음에 영화를 보러 갈 때 그냥 일반관 갈까?"라고 물었더니 그래도 키즈관을 간단다. 영화가 끝나고 나서 키즈카페로 들어가 미끄럼틀 타고 놀다 나왔다. 형님이 되었지만 그래도 어린이는 어린이인가 보다. 어린이 영화관은 다음에 졸업하는 걸로! 참고로 비용은 팝콘+음료(아이스마일로 두 개)+성인 한 명+어린이 두 명=3만 원 정도 나왔다.

TIP 준비물: 어른, 어린이 모두 양말 필수다. 없을 시 현장에서 구매 가능함.

어학원 첫날,
엄마의 걱정과 해방 사이

오늘은 드디어 아이들이 어학원 등원하는 첫날이다. 낯선 나라, 낯선 환경에 아이들만 들여보내는 마음이 어린이집 보냈던 첫날 같은 불안함과 걱정이 밀려왔다. '낯선 히잡을 쓴 말레이시아 선생님과 다른 나라 아이들과 함께 보내는 시간이 어떨까? 의사소통은 잘될까? 쉬는 시간에는 뭐 하고 놀까? 점심 식사는 입에 맞으려나? 너무 춥지는 않을지….' 이런저런 걱정과 함께 근 1주일 만에 갖는 엄마의 자유 시간으로 해방감도 같이 들었던 건 비밀이다.

아이들은 어학원에 들어가고 나 혼자만의 시간! 일단 어학원 주변의 상가를 여유 지게 돌아보며 뭐 먹을지 고민한다. 한식도 좀 당기는 타이밍을 맞이했다. 가벼운 발걸음으로 한식당에 갔다. 말레이시아 음식점에도 대부분 tax(세금)가 따로 붙어 주문할 때 본 가격보다 항상 많이 나오는 편인데, 여기 한식당은 세금 추가를 안 한다. 사실 말레이시아 물가를 생각했을 땐, 한 그릇에 25링깃 대략 8,000원 정도면 비싸긴 한 편이다. 그래도 차라리 세금을 추가로 붙이는 것보단 기분이 좋다. 한식을 야무지게 마무리하고 스타벅스 한잔해 줘야지!

스타벅스 아메리카노는 RM8.5(2,700원), 라떼는 RM13.5(4,300원) 정도다. 아메리카노 외에는 꽤 값이 나간다. '역시 글로벌 브랜드군!' 시간이 흐를수록 한국인들이 엄청나게 많아진다. 와이파이 속도도 그만큼 떨어지고 자꾸 연결이 끊긴다. 여기 스타벅스는 영수증에 한 잔당 한 개의 무료 와이파이 code(코드)가 적혀 나온다. 점점 한국 사람들이 많아지더니 대부분이 한국 사람들인 것 같다. 와이파이 속도도 늦어지고, 속 편하게 한국말로 통화하고 싶은데 괜스레 조심스러워진다. 다른 나만의 아지트가 필요하다. 얼른 찾아봐야겠다.

하원하는 아들들을 마치 6.25 전쟁통 이후에 이산가족 만나듯 펄쩍펄쩍 뛰며 부둥켜안고 반가워한다. '이 맛에 육아하지!' 처음 경험한 말레이시아에서의 어학원은 어땠는지 엄마는 폭풍 질문을 하고, 사춘기 초입이신 초딩 아들들은 "재밌었어요…." 한마디가 끝. 디테일한 정보를 공유 받긴 어렵다.

나 혼자 먹었던 한식이 맛있었다고 얘기했더니 정보만 아니라 직접 음식을 공유하고 싶다는 둥이들! '같은 가게 1일 2방문은 좀 부끄러운데….' 부끄럼 부여잡고 같이 들어간다. 한국식으로 구워 먹는 무제한 고기 뷔페도 같이 운영하는 한식당이다. 어린이는 RM22(7,000원), 어른은 RM45(14,400원) 어린이 기준은 키 140cm란다. '이런 젠장!' 둥이는 140cm에 걸친다.

한국 사장님이길래, 살짝 말씀드려본다. "신발 벗으면 140에 걸치는데 어린이 가격으로 해주시면 안 되나요?" 어린이로 해주신단다. 이런 거 굉장히 또 고마워하는 편! '감사합니다!' 그리고 둥이가 잘 먹는 편이긴 한데 어디까지나 어린이긴 한가보다. 우린 단 1회의 리필도 시키지 못한 채, 맨 처음 나온 고기만 다 먹고 나왔다.

트래블로그에
로그인했습니다

내가 어학원을 선택하고 나서 가장 불편했던 것이 잔금을 현지에서 현금으로 지불해야 하는 점이었다. 아이가 두 명이라 엄청 큰돈이었다. 한국에서 환전을 해오자니 환전수수료도 비싸고 말레이시아 돈이라 웬만한 은행에서 취급하지도 않는다. 그래서 일단 트래블로그와 트래블월렛에 말레이시아 돈을 충전해 왔고 ATM 출금 작업이 필요하다.

레고랜드 테마파크 입장하자마자 입구 오른쪽에 ATM이라고 쓰여있는 데가 있다. 다행히 나 혼자다. 한 번에 최대 출금 금액이 RM1,500이다. 이것도 최대 금액이 얼만지 몰라 여러 번 시도해서 알아냈다. 돈을 뽑으려는 뒷사람이 생길까 봐 심장이 조마조마해진다. 그리고 현금이 RM50 지폐로만 나온다. 부피가 어마어마해진다. 트래블로그도 트래블월렛도 어느 정도까지는 수수료가 무료지만, 일정 금액 이상이 되면 수수료가 발생한다.

출금하면서 두터워지는 현금 뭉치에 혹여나 누가 볼까, 내가 소매치기 타깃이 될까 싶어 빠르게 가방 안에 돈뭉치를 넣고 챙겨본다. 아무리 말레이시아 조호바루가 치안이 좋다 하더라도 현금 뭉치는 무서웠다. 어느 정도로 정신이 없었냐면 ATM기가 카드를 먹는 현상이 빈번하게 일어난다고 들었는데, 지갑에 카드를 넣어놓고 착각하고 기계가 카드를 먹었다고 난리 블루스를 쳤다. 그때를 생각해도 아찔하고 어이가 없다. 내 스스로도 어찌나 쫄보 같던지 '어디다 써먹지!' 싶을 정도로 스스로도 '픽!' 하고 어이없는 웃음이 났다.

총 네 번에 걸쳐 트래블로그로 RM6,000을 뽑아도 수수료가 무료였다. 이젠 트래블월렛이다. 처음 RM1,500은 잘 뽑혔다. 두 번째 RM1,500을 뽑았더니 RM13.5(4,300원)의 수수료가 발생했다. '역시 후발주자가 혜택을 많이 주는구나!' 싶었다. 내가 제일 아까워하는 돈 중에 하나가 은행 수수료인데, '내 피 같은 돈을 4,300원이나 가져가다니!' 싶어 그때부터 자꾸 트래블로그만 쓰게 됐다. 환전 가격도 더 좋고 내 마음엔 트래블로그에 로그인했다.

TIP 트래블월렛보다 트래블로그가 더 가격 혜택이 많다.

시스템이 잠겼습니다

오늘은 어학원에서 부모님을 모시고 설명회를 하고 잔금을 지불하는 날이다. 집 밖으로 나서려는 순간 쓰레기통에 가득 찬 쓰레기가 눈에 거슬린다. 간만에 정리정돈과 청소를 해서 쓰레기만 비우면 완벽할 것 같다. 시간은 출발하기 아직 10분 정도 여유 있다. '문 앞 1m 밖에 쓰레기 비우는 곳이 있으니 그것만 버리고 오자!' 싶었다. 식탁 위에 놓여 있는 핸드폰이 눈에 아른거렸지만 '에이~ 설마~ 집 앞 1m인데?'라는 마인드로 눈에 밟히는 핸드폰을 뒤로하고 쓰레기를 버리고 왔다. 핸드폰이 아른거렸던 건 내가 예지력 있던 것이었다.

우리가 묵는 에어비앤비 숙소에는 엘리베이터를 타고 층을 누를 때도 카드 키가 필수다. 집도 디지털 도어락인데 카드 키를 대면 열리는 구조라 늘 지니고 다녀야 한다. 그런데 우리 집 도어락에 카드 키가 잘 작동이 안 돼서 최소 다섯 번 이상은 시도를 해야 문이 열린다. 그게 엄청난 불편함을 초래했다.

그래서 쓰레기 버리러 문을 나서기 직전에 에어비앤비 호스트에게 "카드 키가 제대로 작동이 안 된다" 해서 비밀번호를 공유받았다. 필자의 언니 생일과 비슷한 숫자라 '언니 생일이랑 비슷하네~'라며 흘겨봐 놓고 식탁에 핸드폰을 내려놓고 나갔던 것이다. 쓰레기를 버리고 이제 핸드폰 챙기고 가방 챙겨서 나가야 하는데 카드가 안 먹힌다. '뭐 원래도 다섯 번 이상 시도를 했어야 했던 거니까?'라며 계속 시도했다. 갑자기 "system is locked(시스템이 잠겼습니다.)" 음성 안내와 함께 요란한 사이렌 소리가 나온다.

가뜩이나 유리 멘탈인 나에게 하늘이시여 왜 이런 고난과 역경을 주나이까! 핸드폰만 있었어도 비번을 알게 되니까 문제 될 건 없었다. 그런데 난 빈손이란 말이다. 진짜 눈에 쿨이 차오르려 시동을 건다. 일단 1층 경비 아저씨한테 달려갔다. 나의 상황 설명이 이어진다. "쓰레기를 잠시 버리러 갔는데 문이 잠겨버렸다. 나는 핸드폰이 없고 혹시 우리 집주인 전화번호를 좀 알려주오!" 경비 아저씨는 자기네는 아무런 정보가 없단다. 관리 사무실에 가야 한단다.

"관리 사무실은 언제 여는데?"

"10시에 열어."

"지금 10시 넘었는데?"

"언제 출근할지는 알 수 없어."

진짜 너무 큰 시련이었다. 학원비도 문제고 끝나고도 애들이랑 어떻게 해야 할지 막막했다. 다시 집으로 올라와본다. 일단은 내가 할 수 있는 일이 없으니까 '마지막 다시 한번 시도를 해보자!'였다. 몇 번의 시도 후 드디어 문이 열렸다. 추후에 알게 되었는데 비밀번호가 틀리거나 카드가 여러 번 맞지 않으면 시스템이 5분 동안 잠긴단다. 5분이라 얼마나 다행이던지! 나는 순간 그게 완전 잠겨서 되돌릴 수 없는지 알고 너무 식겁했던 것이었다. 그로 인해 1가지 얻은 교훈은 '핸드폰을 문신처럼 새겨 넣고 다니자!'다. 정말 다이내믹한 나날들이 이어진다.

조호바루, 싱가포르를
내 집 앞마당처럼

8일 차

설거지를 하는데
발이 젖는다

점심은 어학원에서 도시락을 먹고 저녁 한- 끼는 사 먹더라도 아침 밥은 내가 챙겨주었다. 식사를 마친 뒤 설거지를 한다. 그래봤자 그 릇 몇 개다. 그런데 자꾸 발이 젖는다. '내가 설거지를 이렇게 험하 게 하던 스타일이던가? 근데 아무리 험하게 하더라도 배 부위에 옷 이 젖지 발이 젖나?' 싶어 발을 쳐다보니 바닥이 흥건해졌다. '이게 뭔 일이고? 말로만 듣던 누수? 나 오늘 일주일짼데? 어제도 문 잠 기는 헬(hell)프닝이 있었는데 오늘은 누수라고? 나 책 쓴다고 누가 일부러 1일 1에피소드 만들어주나? 그것도 쉽지 않은데.' 싶었다.

일단 왓츠앱(카톡 같은 앱)으로 슈퍼 호스트에게 사진을 찍어 보 낸다. 이른 아침이라 그런가 아직 답이 없다. 어이가 없어서 베트남 에 사는 친구에게 상황을 얘기한다. "나 엄청 이번 주 스케줄 빡빡

하거든? 고치러 온다 해도 난감하단 말이다!"라고 털어놨더니 또다시 한번 동남아시아 마인드 패치 장착하란다. 친구 왈: "누가 오늘 고쳐준다고 해? 누가 이번 주에 고쳐준다고 해? 너 집에 돌아갈 때 고쳐줄 수도 있어 인마!" '맞다. 여긴 동남아지! 어머 그럼 어쩌지?' 발을 동동…. 그런데 마침 왓츠앱이 울린다. 오늘 고치러 온단다.

'후훗. 참 이것저것 헬(hell)프닝도 많은 에어비앤비지만, 그래도 별점이 높았던 데에는 다 이유가 있네!' 싶었다. 빡빡한 일정 덕에 카드 키를 메일박스에 넣어놓고 나갔다. 집에 와보니 말끔하게 해결돼 있었다. 불을 켰다. 이번엔 불이 깜빡인다. 내가 갈아 끼우고 싶어도 층고가 높아서 내가 손댈 수가 없다. 그렇게 누수 다 고쳐졌다는 메시지에 나는 다시 "그런데, 불이 자꾸 깜빡여!"라는 소식을 전했고 내일 또 온단다. 에어비앤비 호스트랑 1일 1 왓츠앱을 한다. 원치 않는데 이러다 베프 되게 생겼다.

9일 차

말레이 민속 체험과
반딧불

　'인생에 둥이들과 함께 해외에서 몇 주씩 살아보기 해 볼 수 있는 기회가 몇 번이나 있겠는가' 싶어, 조호바르로 오기 전에 이것저것 많이 알아봤다. '굳이?'라는 표현까지 붙는 체험들도 다 해볼 요량이었다. '하루도 허투루 쓰지 않겠다!'가 이번 6주 살기에 대한 나의 자세다. 벌써 9일이나 지났다. 돌아갈 날 생각하면 벌써 아쉽다. 시간이 얼마나 빠르게 지나갈지 필자는 알고 있었다. 대학 시절 떠난 6주간의 호주 장학생 시절 '6주니까 다음 즈에 할까?' 하고 미뤘는데 뒤돌아서니 어느새 벌써 한국으로 돌아가야 할 시간이었다.

　내가 한 달 살기도 아닌 6주 살기를 선택한 것도 그런 이유에서였다. 4주는 정말 눈 깜짝할 시간으로 지나가 버린다. 6주는 앞에 1주 정도는 이래저래 알아가다 보면 지나가고, 그 후 4주 정도는 그

럭저럭 해외에 살아보면서 적응이란 것도 하고 즐긴다. 마지막 한 주는 이제 정말 돌아갈 시간이 얼마 남지 않았음을 인식하고 최대한 더 아쉬움이 남지 않게 불태운다. 사실 이왕 온 거 좀 더 늘려 두 달 살기 하고 싶지만 숙소부터 식비까지 비용적인 문제가 걸림돌이었다.

그리하여 6주 살기를 오기로 하면서 '미루지 않고 부지런히 다양하게 많이 해봐야지' 싶어 체험과 관련된 것들을 많이 알아보았다. 그중에 하나가 말레이 민속 체험이다. 단체로만 예약을 받고 개인은 안 받아 준다는 카더라 통신. 하지만 나는 포기하지 않지! 왓츠앱으로 메세지를 남겨본다.

간단한 붓 터치 몇 번으로 작품이 되는 바틱 페인팅

단체가 아니면 설명해 주는 가이드 없이 바틱 페인팅(말레이 전통 페인팅 기법) 체험만 가능하다. 그 비용만 인당 RM30(1만 원)

이고 개인으로 일단 예약을 했다. 아쉬운 대로 그렇게라도 체험할 생각이었다. 체험 하루 전 갑자기 업체에서 연락이 온다. 단체가 예약이 되었는데 그 단체에 같이 조인하겠느냐다. 당연히 'yes!(예스)' 일단 앞뒤 안 재고 답장을 해버렸다. 나의 추진력 하나는 우사인 볼트급이다.

'맞다? 근데 나 내일 반딧불 체험 예약되어 있는데?' 시간상으로 가능하겠다. 말레이 민속 체험은 오후 1시 반에 시작이고 반딧불 체험은 저녁 5시 반에 숙소에서 픽업이 예약되어 있다. '오케이 좋았어!' 구글 지도를 켜고 위치를 확인해 본다. 다행히 말레이 민속 체험 장소는 반딧불 체험장을 가는 길에 있었다. 반딧불 체험 픽드랍 차량을 숙소로 요청해 놓았는데, 다행히 소통이 잘 되어서 말레이 민속 체험관에서 픽업해 주기로 했다.

이렇게 세팅을 마쳤고 말레이 민속 체험을 즐겨보자! 결론부터 말하면 무조건 단체 체험으로 와야 한다. 단체 투어 프로그램에는 가이드가 과일 농장 뺨치는 수준으로 다양한 나무와 과일에 대해서 설명해 준다. 또한 말레이시아의 삶, 전통 그리고 결혼문화 등에 대해 전반적인 설명을 해준다. 매우 흥미롭다. 그리고 바틱 페인팅을 하고, 24시간 말레이시아인들이 먹는다는 로띠 반죽도 직접 해보고 차와 함께 먹는 시간도 있다. 아이들이 너무 재밌어한다. 그러고 나서 전통 춤 공연도 보고 인형극도 아이들이 직접 체험해 본다.

기본적으로 아이들이 직접 해 볼 수 있다 보니 너무 재밌어한다. 심지어 어른인 나도 재밌었다. 너무 덥지는 않을까 싶었는데 중간 중간 실내 활동들이 있어서 시원한 에어컨 바람에 힘들지 않았다. 마무리하고 나올 때 바틱 페인팅 본인 거 나눠줘서 집에 가져올 수 있다. 이렇게 모든 단체 프로그램을 마치면 2시간이 걸린다.

TIP 비용: 말레이 민속 체험 단체 기준 어린이 인당 RM45(14,400원) / 어른 RM60(19,200원)

말레이 민속 체험이 끝난 시간이 3시 30분이었다. 반딧불 픽업 차량이 5시 45분에 온다고 했으니 2시간이나 뜬다. 일단 구글 지도를 켜고 최대한 우리가 있을 만한 곳을 찾아본다. 자그마한 쇼핑센터가 있다. 간단하게 요깃거리라도 할 만한 패스트푸드 매리 브라운이 있었다. 직접 픽업할 기사님께 조심스레 위치 변경을 말해본다. 중국 분이시고 영어 소통이 원활하지는 않았으나 우린 결국 우리가 요청한 변경된 장소 쇼핑센터에서 만났다. 어찌나 반갑던지!

그전에 픽업 차량을 만나기 20분 전으로 돌아가 본다. 우리 둥이들은 엄청 잘 먹고 잘 먹는 덕에 장 활동도 엄청나게 활발하신 분들이다. 차 타고 가려면 1시간은 가야 하니 화장실을 먼저 다녀와야

야 했다. 쇼핑몰 안이기도 했고 짐도 많아서 내가 있던 패스트푸드 점에서 짐을 지키고 있을 터이니 화장실을 둥이더러 다녀오라고 했다. 10분이 지났다. 불안해지기 시작한다. '아니 벌써 오고도 남을 시간인데? 왜 안 오지?' 급하게 패스트푸드 직원을 붙잡고 여기서 화장실이 먼 곳에 있냐고 물어본다. 갸우뚱하면서 그렇게 멀지는 않단다.

중요 물품만 챙겨서 화장실 쪽으로 가본다. 화장실 방향이 두 개나 있다. 같은 층에도 화장실이 있고 그 옆에 에스컬레이터가 있는데 그 방향으로도 화장실 안내판이 있다. 괜히 움직였다가는 엇갈릴 것 같다. 5분이 10년 같이 애가 탄다. 그 짧은 시간에 별의별 생각을 다 했다. '대사관이라도 연락을 해봐야 하나?' 이렇게 쫄보일 거면서 뭘 애들을 강하게 키우겠다고 애들만 보낸 건지 후회막심이다. 심장이 터지는 줄 알았다. 발을 동동 구르며 눈물이 날 것 같은 찰나에 둥이 2호 님이 나오셨다! 무교인 나도 '진짜 하늘이시여 너무 감사합니다! 주여!'가 절로 나왔다.

엄마가 걱정하실 것 같아서 자기가 먼저 나오려고 했는데 둥이 1호 님이 무섭다고 기다려달라고 했단다. 자기들도 시간이 너무 오래 걸린 걸 아는 거였다. 이유인즉, 푸세식 화장식을 처음 경험해본 둥이들은 도저히 못 쓰겠기에 그 옆에 좌식 화장실 칸을 기다렸단다. 나중에 안 사실인데 그 화장실에서 오래 계셨던 분이 우리 픽업해 주러 오신 기사님이셨다. 그렇게 우린 우여곡절 속에서 변경된 픽업 장소에서 만나 반딧불 체험장으로 이동을 했다.

조호바루 반딧불 체험은 KOTTA TINGGI(코타팅기 업체) 반딧불이 제일 유명하다. 클룩이나 트립닷컴 같은 어플에서 매우 저렴하게 입장료 구매가 가능하다. 다만 도심지에서 멀다 보니 차량이 문제다. 시외버스 이용 방법도 찾아보고 동선도 다 찾아 놨는데, 인기가 없어서 없어진 건지 내가 못 찾은 건지 버스를 이용할 수가 없었다. 어쩔 수 없이 대안으로 업체에서 직접 픽드랍 운행을 한다길래 신청했다. 4인 좌석 조호바루 신도심 기준 RM220(70,400원)이다. 멀고 외진 곳이라 그랩을 이용하는 것은 리스크가 있다.

반딧불 보러 가면 눈앞에 자연이 만들어준 크리스마스트리 조명이 있다. 다만 아쉬운 점은 날씨 상황에 따라 멋들어지는 웅장한 크리스마스트리 조명을 만나느냐, 조금 시시한 다 끝난 크리스마스트리 조명 같은 느낌이냐의 차이가 있는데 우리는 후자였다. 그래도 1시간 동안 반딧불도 보고 자연 상태의 원숭이와 리자드도 볼 수 있었다. 손님들한테 한 번이라도 더, 다양하게 보여주시려 노력하는 가이드분의 마음까지도 고마웠다.

반딧불 투어를 마치기 전, 우린 대망의 풍등 날리기를 했다. 미리 반딧불 투어 시작 전 대기 시간에 RM20(6,400원)을 주고 풍등을 사서 소원을 적었다. 반딧불 투어가 끝난 뒤 풍등을 날렸다. 둥이들과 함께 소원을 적은 풍등이 바람을 타고 끝도 없이 잘 올라갔다. 다른 사람들 풍등에 비해 너무 바람을 잘 타고 너무 잘 날아가서 우리의 소원이 마치 들어질 것 같은 희망과 기쁨을 가득 안고 돌아왔다.

나중에 둥이들더러 어떤 체험이 가장 기억에 남느냐고 물었더니 풍등 날리기였단다. 나의 동공이 지진 났다. '풍등이?' 아이들은 참 알 수가 없다. 그렇게 모든 일정을 소화하고 집에 씻고 누웠더니 이미 하루가 지나있었다. 이렇게 의도치 않았지만 강행군 일정을 마쳤다.

레고랜드 연간회원권 뽕 뽑기는 글렀다!

조호바루에 제일 유명한 가볼 만한 곳으로 꼽히는 곳은 레고랜드다. 두 번 이상 방문할 계획이라면 말레이시아 조호바루에서는 무조건 연간 회원권 구입이 공식이다. 레고를 워낙 둥이들이 좋아하기도 하고, 놀이공원을 좋아한다. 당연히 우리도 두 번 이상은 방문하겠지 싶어 연간 회원권을 끊었다. 그런데 반전이다! 둥이들이 레고랜드 테마파크를 시시해한다. 생각보다 규모가 작기도 하고 에버랜드에 비해 다양하고 재밌는 어트랙션이 많이 없다. 애초에 '초등학교 저학년까지가 재밌어해요!'라는 후기들을 봤으나 '설마~' 싶었는데 '우리 둥이들이 벌써 초등학교 고학년이로구나?!' 대중의 말은 대부분 맞는 편이다.

어학원 끝나고 나면 집 앞 놀이터 가듯 가는 곳이 레고랜드라던데 10일 차인 지금까지 우린 두 번밖에 안 갔다. 둥이들이 먼저 "레고랜드 가요!"라고 말한 적이 지금까지 글을 적는 20일 차까지도 없었다. 레고랜드 워터파크 안 가봤으니 가보자 해도, "그냥 집 수영장에서 놀래요!"란다. '아 이거 계산이 안 맞는데!' 우리 이번 여행에 가장 큰돈 들인 레고랜드 연간 회원권인데 말이다. 한국에 있는 아빠도 자꾸 레고랜드는 안 가냐며 묻는다.

그런데 자꾸 미루고 안 가게 되는 이유가 하나 더 있다. 일단 어학원을 마치고 나면 3시 즈음이 되는데 이 타이밍에 자꾸 비가 쏟아졌다. 비가 오면 그랩 잡기가 일단 좀 불편해진다. 그리고 갈 때는 싸게 그랩을 잡고 가도 끝나고 밥 먹고 집에 돌아오는 시간에는 피크타임이 돼서 낮에 지불한 비용의 2~3배 이상의 그랩 비용이 발생한다. 핑계가 많아지는 걸 보니 나도 어지간히 연간회원권 비용이 아깝나 보다. 이젠 나도 둥이들에게 명령을 내린다. "이번 주에는 꼭 레고랜드 가야 돼! 우리 아직 레고랜드 워터파크는 안 가봤잖아?!"

TIP 두 번 이상 방문 예정이라면 공식 홈페이지에서 연간회원권 구매하자. 가끔 할인 행사하니, 틈틈이 확인해 볼 것! 구매 후 이메일로 연간회원권 카드에 들어갈 사진을 미리 찍어 보내놓으면 방문 시 빠르게 회원권을 받을 수 있다.

새로운 세계
유니버셜 스튜디오 싱가포르

비행기가 날아드는 스케일이 엄청난 워터월드

필자는 15년 전에 미국에서 유니버셜 스튜디오를 가보고는 큰 충격을 받았다. '비행기가 날아다니는 이런 스케일의 공연이 가능하다고?' 그것은 바로 워터월드 쇼였다. 둥이들에게도 꼭 보여주고 싶었다. 때마침 옆 나라 싱가포르에 유니버셜 스튜디오가 있다. 다리 하나 차인데도 조호바루에 비해 싱가포르가 아무래도 바다를 매립지로 만들어서 그런지 엄청 습하고 더워 힘들다. 더군다나 레고랜드 연간 회원권을 뽕 뽑기는커녕 돈이 아까워 죽을 지경인데, 거기에 또 유니버설 스튜디오 비용까지 쓰려니 고민이 되었다.

사람이 엄청나게 많아서 어트랙션 한 개 타려면 2시간이 걸린다는 소리들도 들려왔다. 피크 타이밍에는 익스프레스권(빠른 줄서기 권한을 갖는 표)을 구하고 싶어도 마감이란다. 입장권과 별도로 구매하는 익스프레스권은 입장권 가격과 맞먹는 수준인데도 말이다. 내적 갈등을 심하게 느끼다가 아무리 생각해도 지금 아니면 언제 해보겠냐 싶다.

싱가포르 유니버설 스튜디오 어플을 깔고 현재 웨이팅 시간이 얼마나 걸리는지 체크해 본다. 입장권 구매할 수 있는 어플에 들어가 당장 내일의 익스프레스권 구매가 가능한지도 체크해 봤다. 내일인데도 구매가 가능하다고 나온다. 이건 아무래도 사람이 그렇게 미어터지는 수준까지는 아니겠다 싶었다. 당장 입장권을 구매했다. '여기까지 왔는데 까짓것 가자!' 10시 오픈런을 목표로 새벽 6시 30분에 기상해서 7시 10분 버스를 타고 말레이시아 출국, 싱가포르 입국까지 마쳤다.

8시 반에 싱가포르 비보 시티에 도착하여 아침으로 야쿤 카야 토스트를 먹었다. 그리고 모노레일 타고 센토사섬으로 넘어가서 유니버설 스튜디오 오픈런에 성공했다. 진짜 눈치 게임에 성공했다. 인기 있는 어트랙션을 기다리는데 20분 정도밖에 안 걸렸고 엄청난 스케일의 워터월드 쇼를 두 번이나 봤다. 워터월드 쇼 시작 전 연기자들이 바람잡이를 엄청 잘해서 웃기고 분위기가 한껏 고조된다. 똑같은 포인트에서 똑같이 웃음이 나는 것도 재밌는 포인트다.

재밌기로 유명한 어트랙션 머미, 트랜스포머도 두 번씩 탔다. 약간의 스포를 하자면 예상하지 못한 순간에 열차가 뒤로 가기도 하고, 4D의 생생함과 디테일에도 놀랐다. 진짜 한순간도 놀라지 않을 수가 없었다. 입이 떡 벌어졌다. '진짜 여기 오길 왜 망설였던 거지?' 싶었다. 사람이 많아서 오래 기다려야 한다고 해도 와야 하는 곳이다. 그리고 기다리는 공간에 에어컨 가동 중인 실내인 곳이 많아서 너무 덥지 않게 기다릴 수 있었다. 규모가 그렇게 크지 않아서 생각보다 힘들지 않았다.

어트랙션 출구마다 캐릭터별로 기념품 관을 만들어놔서 구경하는 것만으로도 재밌었다. 결론적으로 구경만으로는 안 끝난다. 손에 어느새 기념품이 들려있다. 구글에 보면 평균 체류시간이 3시간이라고 나오던데 우리는 오픈런 10시부터 오후 5시까지 7시간을 놀다 나왔다. 그것도 이제 밥 먹고 국경을 넘어 다시 집으로 가려면 그때쯤엔 나와야 내일을 시작하는 데 무리가 없을 것 같아 나왔다. 너무 완벽했다.

다시 집으로 돌아가려고 비보 시티로 가는 모노레일 줄을 서는데, 이게 웬일인가! 사람들이 다들 모노레일 줄 앞에 서 있다. 20여

분을 기다려도 줄이 줄어들 기미가 전혀 안 보인다. 이러다간 1~2시간은 그냥 모노레일 줄 기다리다 끝나겠다 싶었다. 우리는 모노레일 대신 도보를 선택했다. 도보로 15분~20분 정도 걸어 나가면 된다. 우리의 선택은 옳았다. 생각보다 바다 뷰 보면서 걷는 것도 산책하는 기분이고 살짝의 비까지 내렸으나 걷는 길이 다 천장 덮개가 있어서 비도 햇빛도 막아주는 역할이 돼서 걷길 너무 잘했다 싶었다.

비보 시티에서 센토사섬으로 넘어가려면 모노레일 탈 때 1인당 4싱 달러인데, 한 정거장이라 1~2분 만에 내린다. 그만큼 가깝다란 뜻. 비용도 아낄 겸 애초에 들어갈 때도 도보로 바다 구경하면서 산책 겸 걸어가면 1석 2조다. 센토사섬으로 들어가면 거기서 타는 모노레일과, 버스 등은 다 무료다.

TIP
방문하려는 날과 가까운 날짜의 익스프레스권 구입 가능 여부 체크해 보고 방문객이 많은지 예상해 볼 것. 싱가포르 물가는 사악하므로 밀 쿠폰이 포함된 세트를 구매하는 것이 경제적임. 물이 튀는 어트랙션과 공연이 많으니 우의와 아이들의 옷 한 벌을 챙기길 추천드림. 커다란 비닐봉지 준비해 물에 젖을 걸 대비하면 유료 락커 안 빌리고 줄도 빨리 설 수 있음
비용: 입장권 및 크리스마스 패키지 밀 쿠폰 포함 어른 93,600원, 어린이 인당 71,500원

12일 차

한국에서 가져온
학습지 좀 펴볼까? 네니오!

짐 싸기 하면서 진짜 고민했던 부분이 과연 수학 문제집을 가져 갈 것인가 말 것인가였다. 가져가야 할 짐들이 많은데 굳이 거기까 지 가서 수학 문제집을 펼쳐야 하는 걸까? '가져가 말아?' 안 가져 가려고 했는데 또 그러기엔 너무 긴 6주다. 주변 엄마들이 감 떨어 진다며 6주는 너무 길다며 다들 가져가라 한마디씩 거든다. 팔랑귀 의 필자는 일단 '그래 가서 후회하는 것보단 가져가 보자' 싶었다.

'안 하더라도 못 하더라도 일단은 가져가자!'해서 부족한 캐리어 공간에 구겨 넣어 온 학습지다. 수학 진도 나가는 거 일주일에 두 번은 해야지 싶어 마음먹고 가져왔다. '그래! 아무리 여행 간다지만 6주라면 여행이라기보단 해외 살기인데, 암암… 일상생활하듯 해 야지!' 기어코 무거운 학습지들을 챙겨왔다. '그래~ 1주는 적응 기간이라 쳤다 치자!' 그런데 벌써 2주가 거의 끝나간단 말이다. "아들들아 책 펴자!" 이 말을 하는 순간 수영하러 나가겠단다. '엥? 수영을 하러 나간다고?'

이렇게 학습지 말만 꺼냈다 하면 밤 9시가 돼도 수영을 하러 나가겠다 하시고, 실제로 나가서 물놀이를 하셨다. 이러다 도저히 안되겠다 싶어 오늘은 단호해지기로 한다. 오늘은 물놀이도 이미 다녀왔으며 저녁 식사도 끝냈고 샤워까지 마쳤다. 학습지 얘기에 오늘은 "수영하러 갈래요"가 통할 수 없다. 드디어 캐리어에서 학습지를 꺼내 햇빛을 보여주었다. 30분 동안 침묵 속에 각자의 할 일들을 해나갔다. '내일과 모레는 크리스마스인데, 우리가 이 학습지를 또 펼치고 할 수 있을까?' 나 스스로 자문하고 답했다. '네니요!'라고….

TIP 아이들도 낯선 환경에서 5~6시간씩 영어로만 수업을 받다 보면 힘들다. 별도의 공부 학습 일정을 너무 빠듯하지 않게, 스케줄을 짜자.

13일 차
참새 방앗간이 된
캣 카페

한국 엄마들 중 막상 할 게 없다고 불평을 늘어놓는 분들도 계시지만 '사실 어디를 가든 요새 없는 게 무엇이며 못 하는 게 무엇이겠느냐!' 그런데 여긴 말레이시아여서 좀 더 값싸게 경험해 볼 수 있는 것이고, 영어로 소통을 하며 체험해 볼 수 있는 장점이 있는 것이다. 조금만 관대하게, 흐린 눈으로 보면 말레이시아 조호바루는 굉장히 재밌게 보낼 수 있는 곳이다.

우리 둥이들은 최근에 숙소 근처에 있는 캣 카페에 참새 방앗간 들리듯 들리고 계시다. 체감상 한국엔 강아지를 더 많이 선호하는 것 같은데, 말레이시아에는 고양이를 더 좋아하고 많이 키운단다. 우리가 가는 캣 카페는 호텔링 서비스가 이뤄지고 다양한 사료와 동물 용품을 취급하는 곳이다. 고양이랑 놀려고 오는 팀은 우리 밖에 못 봤다. 맨 처음에는 아이들만 들어가고 "나는 커피를 사 먹으러 갔다 와도 되나요?" 물었더니 "yes(예스)!" 한다.

'오~ 앞으로 애들 여기에 넣어놓고 자유시간을 즐길 시간이 확보 되겠군?!'

두 번째 방문에는 나더러 어디 가지 말란다. 사고가 일어날 수도 있고 아이들 케어를 해야 하니 같은 공간에는 들어가지 않더라도 앞에서 지켜보란다. 여기까지도 '그래 그럴 수 있지' 싶었다. 세 번째 방문까지도 우리 외엔 한 번도 캣 카페를 이용하는 사람을 못 봤다. 고양이들도 사람이 그리운지 둥이들에게 애교도 부리고 너무나 잘 논다. 덕분에 둥이의 마음은 더욱 뺏기게 되었고 즐거운 시간들을 보냈다. 그래서 주변 한국 엄마들에게 스개를 했고 내 블로그에도 추천 리뷰를 썼더니 방문객들이 늘어났다.

인기가 많아진 게 화근이었던 걸까? 네 번째 방문을 했는데 나는 웃으며 환하게 인사를 건넸는데 그동안 우리를 응대하던 직원이 멋쩍은 웃음을 지어 보인다. 가게 방침상 이제부터 부모님도 함께 비용을 내고 같이 들어가야 한단다. 심지어 나는 고양이를 무서워하기도 하고, 알레르기도 있단 말이다. 그런데도 돈을 내고 들어가란다. 빈정이 확 상해버렸다. 여기 홍보해 주겠다고 나 혼자 입소문을 냈더니 '이게 내 발등을 찍었구나' 싶었다.

가뜩이나 말레이시아 물가에 비하면 캣 카페 이용 금액이 비싼 편인데 내 비용까지 추가로 내려니 너무 빈정이 상했다. 내가 너무 한국인 마인드인가? 단골에게, 그것도 자발적으로 홍보까지 했는데 이런 식으로 되니까 문화의 차이인지, 언어 소통의 부족인 건지…. '흐린 눈으로 보면 이것저것 해볼 거 많아요~'라고 적다가 문화의 차이라고 치부해 버리고 급하게 마무리 지어본다.

크리스마스
케이크 베이킹

직원분이 영어로 베이킹하는 방법에 대해 설명해 준다.

우리 둥이들은 베이킹, 쿠킹하는 것을 엄청나게 좋아한다. 인기리에 방영됐던 〈흑백 요리사〉 덕분에 요리 관심이 한 층 고조되었다. "직접 만들면 안 돼요?" '하…. 느그들이 요리하면 난장판이 되고 설거짓거리가 너무 많단 말이다!' 이렇게 생각하면서도 대부분

이런 부탁은 들어준다. 들어는 주나 한숨과 짜증이 나오는 건 어쩔 수 없다. 둥이 둘이 각자 음식을 만든 뒤 집에 굴러다니던 마스크를 가지고 와서 내 눈에 씌우더니 백종원 님과 안성재 셰프처럼 심사평을 해주길 원한다. 최대한 누구 하나 서운치 않게 하나씩 칭찬을 날린다. "식감이 어떻고요~ 이쁘 하게 익었네요~" 이러면서…. 하루이틀까진 요리하는 걸 허락해 줬었다.

그런데 더 이상은 안 되겠다. 그러다 조호바루 패러다임 몰에 있는 밀가루 계량부터 해서 시트 만들어서 케이크 만드는 베이킹을 발견하게 되었다. '이거다!' 한국에서는 케이크 만들기 재료가 한 번에 다 와서 시트에 데코레이션만 하는 수준으로 만들었었다. 여기는 아이들이 직접 밀가루 계량부터 해서 시트를 다 만들고 최종 데코레이션까지 완성하는 코스다. 가격은 말레이시아 물가치곤 사악하다. 인당 6인치 케이크 만들기 44,800원이었다. 총 2시간 코스다. 그런데 실제로 아이들이 투입돼서 만들고 데코레이션 하는 데는 1시간 정도 소요되는 것 같다. 나머지 1시간은 빵 시트 굽고 식히는 데 걸리는 시간이다.

일단 아이들은 너무 신났다. 입장하자마자 손부터 씻고 앞치마를 입는다. 집기 세팅, 굽는 공간, 냉장고 등의 동선이 너무나 잘 정돈되어 있다. 10세 이상부터는 보호자 없이 아이가 직접 쿠킹 하는 것이 허락된다. 아이들이 직접 선생님한테 영어로 질문하고 대답하고 베이킹을 진행했다. 통유리창으로 되어 있어서 밖에서도 다 보인다.

나는 잠시 혼자 쇼핑몰 다니면서 맛있는 거 사 먹고 커피도 한잔했다. 그렇게 눈 깜짝할 시간에 아이들 데리러 갈 시간이다. 아이들을 픽업해서 돌아다니는데 S.O.S(에스오에스)라고 엄청 유명한 빵집이 같은 층에 있었다. 맛도 맛인데 가격도 엄청 착하다. 사람들이 줄을 서서 사 간다. 엄청 예쁘고 맛있어 보이는 케이크들이 RM60(2만 원)이 채 안 되는 정도다. 다시 한번 이 베이킹 체험이 얼마나 비싼 건지 체감하는 순간이다. '아니야. 이건 그냥 베이킹이 아니잖아?'라며 애써 위로해 본다.

인당 RM90의 쿠키나 머핀 만드는 과정이 있다. 이것도 어차피 계량하고 반죽하고 휘핑하고 그런 건 케이크 만들기 과정과 비슷하다. 가격이 더 저렴한 것도 있지만 무엇보다도 케이크는 큰 덩어리로 있다 보니깐 누구에게 조각으로 주기도 그렇고 안 주다 보니 이걸 다 먹어야 한다. 우린 케이크가 두 개란 갈이다. 똑같은 과정인데 이왕이면 쿠키나 머핀은 소분되어 있으니깐 간단하게 포장해서 학원 친구들이나 선생님께도 선물로 드리기에도 좋을 것 같다. 자기가 만든 거 사람들에게 나눠주면서의 뿌듯함도 한몫 더해질 수 있을 것 같다.

하루 종일 놀며
1년 살기를 꿈꿔봅니다

15일 차

가격대별
국제 학교 투어

　말레이시아 조호바루는 한 달 살기로도 아이들과 엄마가 많이 오는 곳이지만, 그다음 과정으로 1년 국제 학교 목표로 왔다가 2년, 3년의 말레이시아 생활을 하게 되는 곳이란다. '저는 그냥 국제 학교는 생각도 안 해보고, 그냥 온 건데요?' 6주 살기에 발을 들여놔서 그런가 다음 스텝이 궁금해졌다. '국제 학교라고?!'

　신도심인 내가 살고 있는 조호바루 선웨이 지역은 흐린 눈으로 보면, 한때 맛봤던 캘리포니아 감성이 느껴진다. 예민하거나 까칠하지 않다면 그러하다. 더군다나 지금은 우기시즌이라 아침저녁으로는 24도 정도의 선선함까지 더해져 그런 분위기를 느꼈고 '이런 곳이라면, 1년 살기 해보고 싶다!' 싶었다. 그리고 한국 학원비에 비하면 여기 국제 학교 비용 못 할 것도 없다. 국제 학교도 가격이 편차가 심하긴 하지만 구도심에 있는 학교에는 싸게는 월 40만 원도 있다고 한다. 신도심에 월 70만 원 수준에서도 괜찮은 곳이 존재한다. 중간은 월 100~130만 원, 비싸게는 월 200만 원까지 자신의 상황과 여건을 고려해서 선택하면 된다.

먼저 가 본 곳은 생긴 지 2년 정도 된(2025년 초 기준), 영국식 교육의 인빅투스 국제 학교다. 일단 신설 학교다 보니 깨끗하고 쾌적한 시설에서 엄마의 마음을 확 끌어당긴다. 그리고 아직까진 신규 입학생 입학비 20% 할인 진행을 하고 있다. 할인 이벤트는 언제 종료될지 알 수 없다고 한다. 현재 전교생 규모는 500여 명 정도이며 한 교실에 한국인이 다섯 명 정도 되고 한국인 구성 비율이 전체의 20% 정도 된다고 한다.

국제 학교 투어해 주신 가이드분의 말에 의하면 인빅투스 국제 학교에는 한국인 학부모의 요구나 이런 부분이 많이 반영된다고 한다. 그러면에 서는 장점이 될는지도 모르겠다. 비용은 월에 130만 원 정도라고 생각하면 된다. 테스트 비용을 지불하고, 테스트받은 후 입학 여부가 결정된다. 국제 학교들의 비용을 가장 많이 좌지우지하는 부분은, 원어민 교사의 비율이 어느 정도이냐와 학교시설 축구장, 야구장, 수영장의 유무 및 규모이다. 그런 부분에서는 딱 인빅투스는 중간 지점이라고 볼 수 있다.

두 번째 방문한 학교는 래플스 국제 학교다. 이건 뭐 대학교 수준이다. 기숙사가 갖춰져 있고 올림픽을 치러도 될 수준의 수영장을 보유하고 있다. 축구장, 야구장, 실내 운동장도 엄청난 규모로 두 개 있다. 제일 놀라운 부분은 아시아에서 돔 형식의 천체관에서 천문 수업이 가능한 아마 유일한 학교일 것이라는 입학처장님의 설명이었다. 기숙사의 비용은 별도지만 일단 수업 비용은 월 230만 원 수준이다. 방과 후 활동도 대부분 70%가 학교 내에서 커버가 가능하여 별도의 비용은 발생하지 않는 편이라고 한다.

유치원부터 초, 중, 고등까지 각각의 교장 선생님이 따로 존재하며 그 상위에 전체 총괄하시는 교장선생님이 계신다. 원어민 선생님 비율이 90% 정도 된다. 미국식 교육의 래플스 국제 학교는 AP 대학교 학점 인정 수업이 있어 대학 입시에 도움이 되고 가산점이 있으며 더불어 대학 비용도 절약할 수 있다는 점이 있다고 한다. 학교 내에서 SAT를 1년에 여섯 번 실시하고 있다. 정규 수업을 듣기엔 부족한 영어 실력인 아이들은 EIP라는 과정을 듣게 된다.

래플스 국제 학교는 시설 규모가 한국의 대학교 캠퍼스 수준이다 보니 캠퍼스 투어를 하면서도 '아이들 길 잃어버리겠다. 익숙해지는 데 상당한 시간이 소요되겠다!'라고 많이 느꼈고 한 편으로는 초등학생의 경우 저 큰 캠퍼스의 엄청난 규모의 시설들을 사용할 일이 별로 없을 것 같은데 하는 생각도 들었다.

세 번째 방문한 학교는 가성비 갑, 스텔라 극제 학교다. 다른 학교들에 비해 시설 규모 면에서 대형 학원 같은 분위기를 받았다. 무엇보다 가장 내 마음을 불편하게 했던 점은 안전과 보안상의 이유로 철문으로 잠겨있고 엘리베이터도 선생님만 카드키로 여닫을 수 있다는 것이었다. 규모 시설 이런 거는 마음을 비우고 가긴 했었지만 답답함을 느낄 수밖에 없는 정도의 사이즈였다.

상가에 위치해 있다 보니 별도의 운동장이나 운동시설이 없고 대신 셔틀버스를 타고 인근의 스포츠 시설을 갖춘 곳으로 이동한다고 한다. 이동을 해야 하니 체육 시간을 주 1회로 2시간 이런 식으로 몰아서 수업을 한다고 한다. 이 부분도 한창 뛰어놀아야 하는 아이들이 체육을 몰아서 해야 한다는 점이 걸렸다. '건강과 체력을 위해서도 별도로 운동을 시켜야겠구나.'란 생각이 들었다.

가이드님의 가장 임팩트 있었던 한 마디는 "싸고 좋은 데는 없어요!"였다. 하지만 그 가격 대비 얼마나 만족하느냐가 중요하다는 말씀이 이어졌다. 국제 학교 비용이 싸다고 퀄리티가 나쁘지는 않다고 하셨다. 기본적으로 충족되어야 국제 학교로써 유지가 되고 2년에 한 번씩 심사가 이루어지기 때문에 교육적인 부분에서는 싸다고 질이 떨어지거나 하지 않다고 하셨다. 그렇기에 가성비 부분에서 만족도가 가장 높은 곳이 스텔라 국제 학교라고 말씀하셨다. 공감되는 부분이었다.

말레이시아 조호바루에서의 삶이 만족스러웠기에 국제 학교에 자연스럽게 관심이 생겨 국제 학교 투어에 참가한 것이다. 학교별 1시간 정도의 간단한 투어였기 때문에 '이런 국제 학교도 있구나!' 정도로 참고만 하시되, 자세한 정보는 유학원을 통하거나 학교별 홈페이지에서 확인해 보시길 권해드린다.

망고는 흔하지만, 망고주스는 레어템

동남아시아 가면 망고주스를 1일 두 잔씩 하시는 망고 홀릭 둥이들. 나 왈: "말레이시아 가면 망고주스 널렸어!" 알아보지도 않고 일단 뱉었다. 그런데 영국의 식민지였던 문화 때문인지 커피와 차가 대부분이지 과일주스는 메뉴에 별로 없다. 흔하디흔하던 망고주스가 없다. 둥이 왈: "엄마가 말레이시아 가면 망고주스 많이 사 준다면서요!" 둥이들의 불만이 폭발한다. '아니 마트에 가도 망고가 다른 과일에 비해 비싸지도 않고 많이 있던데 왜 이렇게 망고주스 파는 데가 없는 거야.'

망고주스가 없는 대신 말레이시아와 싱가포르에서 아이들이 가장 좋아하는 마일로(네스퀵 초코맛 같은 것)를 주야장천 사 드렸다. 그러다 연말이어서 그런지 쇼핑몰에 야시장을 열었다. 우리나라 플

리마켓처럼 쫙~ 펼쳐지고 망고주스 업체가 하나 들어왔다. 망고주스만 파는 데 줄이 100m 서 있다. 그래도 단일 메뉴라 그런지 줄이 금방금방 줄어든다. '이렇게 인기 있는데 왜 이렇게 가게는 없지?' 이 업체도 프랜차이즈던데 구글에 위치를 찾아보니 가장 가까운 곳이 1시간 거리가 나온다.

레어템이라 인기가 많은 건지 우리 말고도 줄이 100m 설 정도면 엄청난 인기인 건데 어리둥절하다. 심지어 맛도 엄청 맛있다. 아이스 블렌디드 망고 위에, 조각 망고를 듬뿍 담아준다. 1링깃이 더 비싼 우유가 들어간 아이스 블렌디드 망고도 있다.

TIP 브랜드: 大流芒 (대류망/MANGOLICIOUS망고리셔스)
비용: 아이스 블렌디드 망고 RM11(3,520원)

17일 차
하루 종일 놀아도
2만 원 키즈 카페

  에너지 X는 조호바루 선웨이 빅박스 몰 2층에 위치해 있는 키즈 카페다. 우리나라로 치면 바운스 같은 성인들도 함께 놀 수 있는 수준이니 그냥 플레이 카페라고 치자. 우리나라는 기본 이용 2시간에 10분당 추가 비용이 있는데 여기 에너지 X는 종일권을 끊으면 하루 종일 12시간을 놀 수 있다. 나갔다 들어오는 것이 자유롭게 허용된다. 아이들이 신나게 놀다가 배고프면 나와서 같이 밥 먹다가 들어가고, 또 나와서 쉬다가 들어가고 무제한으로 놀 수 있다.

  그러면 엄마들은 1층 커피숍에서 하루 종일 대기를 한다. 혼자서는 하루종일 기다리기 지칠 수 있다. 이럴 때 안면을 좀 터놓은 아주머니들이랑 함께하면 너무 좋은 시간이다. 야외가 아니라 일단 지붕 아래 시원한 데서 아이들을 떼어 놓고 쉴 수 있다는 점이 너무 큰 메리트다. 특히 학원 안 가는 주말 같은 때랑 비가 와서 야외 활동이 불가능할 땐 여기를 강추한다. 7시 이후 입장 비용과 하루 종일권의 비용이 RM10(3,200원) 차이라 하루 종일권을 추천한다.

아이들은 자연스럽게 다양한 나라의 다양한 사람들과 친구가 되어 어울려 논다. 일본, 중국, 말레이시아 아이들도 많이 온다. 문화의 차이인지, 아니면 아이의 성향인지는 모르겠지만 거기서 나름대로 불편함도 겪어 보고 인내도 해보고 다양한 경험을 할 수 있다. 다른 나라의 국적을 가진 친구들의 새치기에 분노도 해보고, 왜 이렇게 질서를 안 지키는지 화도 내보는 둥이들이다. 아이들의 체력은 고갈이 없다. 가만히 앉아서 기다리던 엄마들만 방전될 뿐이다.

TIP 미끄럼 방지 양말은 필수임. 생수 준비하기
비용: 피크타임 하루 종일 RM78(24,960원) /
7시 이후 입장 RM68(21,760원)
오프 피크타임 하루 종일 RM68(21,760원)/
7시 이후 입장 RM58(18,560원)

18일 차

버스 타고 세계 문화유산
말라카 여행

말라카 네덜란드 광장의 사진 스폿

1일 차 여행 동선

📍 집(신도심) → 📍 라킨터미널(구도심) → 📍 말라카 존커워커 →

📍 호텔 체크인 → 📍 타밍 사리 전망대 → 📍 해상 모스크 사원 →

📍 〈독박투어〉 맛집 사테 샤브샤브 → 📍 존커워커 야시장 구경/트라이시클 →

📍 크루즈 투어 → 📍 호텔 복귀

2주 차에서 3주 차 즈음이면 조호바루 살기도 어느 정도 적응이 됐을 때고 이때 한 번 도전하자 싶어서 계획한 말라카 여행이었다. 말라카는 낮에도 예쁘지만 밤에 또 다른 매력을 선사하는 곳이라서 당일치기로는 밤을 제대로 즐길 수 없다. 왕복 최소 7시간의 거리를 감당하기도 무리였다. 그래서 우리는 버스 타고 1박2일 말라카 여행으로 결정했다. 신도심에 사는 우리는 구도심에 있는 라킨 버스 터미널까지 30분 정도의 그랩으로 이동이 필요했다. 버스표는 9시로 예매를 해놓았고 예매표에 1시간 전에 도착하라는 문구가 적혀있었다.

그랩은 항상 잡으면 평균적으로 10분 정도의 시간이 걸렸다. 1시간 전에 도착해야 하는데, 마음이 쫄리기 시작했다. 다행히 8시 10분쯤 도착해서 그랩 드랍포인트에서 내려 1층 더 에스컬레이터를 타고 내려갔다. 평일에는 현장에서 표를 구하는 게 어렵지 않다고 하나 주말에는 표가 만석이라 못 구하는 경우가 많으니 미리 온라인으로 예매하는 게 좋다. 여기서 가장 중요한 포인트는 버스표 온라인으로 예매할 때 추가 비용을 내고 QR로 받아야 줄 서서 예매표를 종이 표로 바꾸는 행위를 하지 않아도 된다. 입장도 종이 표 줄이 아니라 QR로 찍고 들어가 시간을 줄일 수 있다.

예매표에 1시간 전에 도착하라는 안내 문구는 종이 표로 바꾸는 데 필요한 시간과, 입장하는 데까지의 시간들을 고려한 문구였다.

우리는 QR 표니 시간이 최소 30분 이상이 절약되었다. 말라카까지 3시간 이상을 버스 타고 가고 화장실도 기사님에 따라 들릴지 안 들릴지 모르니 우리는 라킨터미널에서 화장실을 한 번 더 들리기로 한다. 0.3링깃의 유료 화장실이다. 화장실 앞에 책상과 의자를 마련해 놓고 직원분이 화장실 이용 요금을 현금으로 받으신다. 잔돈도 거슬러 주신다.

'돈은 냈지만 이용을 못 했습니다.'라는 글들을 많이 봤다. 비위가 약한 분들은 이용하기가 어렵다. 내가 6주 동안 경험한 화장실 중에 가장 최악의 화장실이긴 했다. 나 어렸을 적 다닌 초중고등학교에 있던 푸세식 화장실인데, 앞에 막음 부분이 없어서 소변 조절이 쉽지 않다. 바닥의 물기는 이게 물인지 오줌인지 알 길이 없으며 지린내가 코를 찌른다. 다시 회상하며 쓰는 이 순간에도 미간이 찌그러지는 걸 보니 정말 다신 가고 싶지 않은 유료 화장실이었다.

모든 준비는 끝났고 이젠 우리가 탈 버스를 확인할 시간이다. 전광판 화면에 뜬 버스들 회사와 시간 그리고 버스 번호 아무리 눈을 씻고 찾아봐도 우리가 예약한 버스가 안 나온다. 완전 패닉 상태가 되었다. 버스 안내원 두 분이 계셔 설명을 해본다. 말레이시아에서 이렇게 영어가 안 통한 상황은 처음이었다. 기다리라는 말뿐이었다. '아니 내가 예매한 시간의 버스가 전광판에 안 나오고 다른 버스들은 다 나오는데 어찌 그냥 기다리기만 하라는 것이냐? 뭔가 꼬인 게 아닐까? 내 거가 취소된 건 아닐까?' 별의별 생각을 다 하며 지옥같은 20분을 더 기다려본다.

버스 시간 30분 전에야 안으로 들어가게 해줬다. 일단 QR 표를 찍고 들어가 본다. 들어가서 전광판을 보니 그 안에 있는 전광판에는 우리가 예매한 버스가 나온다. '이런 거지 깽깽이 같은 일이!' 호텔 예약한 거까지 날리는 건가 싶어 얼마나 조마조마했는데, 실컷 속으로 욕하면서 한편에는 안도의 한숨을 내쉬어 본다.

버스에 올라타고 보니 진짜 이제 출발이구나 싶었다. 피곤함이 몰려와 우리는 충전을 위해 눈을 잠시 붙여본다. 1시간 30분가량을 달려 갑자기 버스가 선다. 잠시 화장실 다녀올 분들 다녀오란다. 필자는 아까 유료 화장실로 인한 충격으로 웬만해서는 화장실을 가고 싶지 않았다. 하지만 안타깝게도 마법에 걸린 상태라 안 가고 싶어도 안 갈 수가 없는 자연적 상황에 처해 있었다. 여기서 다시 한번 깨달은 바는 '여행을 계획할 때는 엄마의 컨디션까지 잘 체크해서 준비하자!'다.

적당히 조호바루 생활에 적응하고, 아이들도 어학원과 생활에 적응했으니 이맘때면 새로운 곳으로의 도전이 딱이겠다 싶었는데 정작 나의 컨디션을 놓쳤다. 그래서 너무나 재밌고 멋졌던 말라카의 1박2일 여행이 나에게는 힘들었던 감정이 크게 느껴졌다. 또다시 1시간 30분을 달려 최종 목적지인 말라카 터미널에 도착을 했다.

우리는 직원분께 여쭈어 버스 타는 곳을 안내받았다. 핫핑크 색의 버스 M100을 눈앞에서 놓쳤지만 10~15분 정도 시간이 흐른 뒤 또다시 버스가 왔다. 비용도 엄청 싸다. 어른은 RM1.3(416원), 어린이는 RM0.6(192원)이었다. 총 RM2.5(800원)이었다. 나 자신 매우 칭찬해 하며 아이들과 존커워커 거리로 향했다.

연말의 주말이다 보니 전 세계 관광객이 다 몰렸나 보다. 인파가 어마 무시하다. 아이들과 대충 한 번 말라카 메인 거리들을 둘러보고 늦은 점심을 하고 체크인하러 호텔로 향한다. 이때부터 말라카에서의 그랩 지옥이 시작되었다. 잘 잡히지도 않을 뿐 아니라 연말 공연으로 인한 도로 폐쇄로 실제 그랩을 타는 장소가 달라 엉망진창이다. 그런데 관광 명소를 가려면 그랩을 계속 타고 다녀야 했다.

말라카의 전경이 한눈에 보이는 타밍 사리

예약했던 4성급 호텔은 사진을 보고 내심 기대를 했지만, 실제로는 낡았고요, 늙었습니다. '쾌적한 듯 깨끗하지 않은 건 기분 탓일까?' 캐리어를 호텔에 놓고 100% 충전된 핸드폰과 돈만 챙겨 나갔다. 먼저 말라카 전경을 한 번에 내려다볼 수 있다는 타밍 사리 타워로 향했다. 타밍 사리 타워는 롯데월드의 번지드롭과 비슷한 모양을 한, 전망대이다. 높이 천천히 360도 회전하면서 올라가 말라카를 한눈에 내려다볼 수 있다. 탁 트인 바다도 보이고, 말라카의 예쁜 거리들도 보이고 맑은 날 진짜 기가 막히게 멋진 뷰를 선사한다. 줄 서서 기다릴 때는 조금 더웠지만 전망대 안에는 시원한 에어컨도 나와 쾌적하게 전망을 감상할 수 있다.

맑고 밝은 하늘을 바라보고 있자니, '일몰 시간이 다가오는데 이게 맞는 건가?' 싶었다. 저녁 6시에 해상 모스크 사원에 도착해서 RM5(1,600원)을 주고 히잡을 쓰고 들어가 본다. 히잡은 선택사항이다. 나는 쌍꺼풀과 눈썹이 짙고 피부색도 까무잡잡하며 전형적인 동남아시아 필 느낌의 인상이라, 히잡이 잘 어울릴 줄 알았다. 말레이시아어로 말 걸어와도 이상치 않다. 둥이들은 이상하다며 절레절레 내두르지만 나는 꽤나 맘에 든다. 반팔이었지만 카디건을 챙겨왔던 나는 카디건을 입고 입장이 가능했다.

말라카 해상 모스크의 일몰 모습

해상 모스크를 돌아보며 일몰 맛집이라는 해상 모스크 건너편으로 넘어간다. 건너편은 깔끔하게 정돈된 길은 아니지만 일몰과 함께 해상 모스크 구경하기에 너무 좋은 스팟이다. 자리 잡고 차분하게 앉아 있다 보면 천천히 저무는 해와 함께 분위기를 만끽할 수 있다. 여기까지는 너무 최고다. 이때만 해도 몰랐다. 고난이 기다리고 있을 줄이야…

우린 남들보다 5분 전에 미리 자리를 뜨고 나와 그랩을 잡았는데, 취소된다. 그랩을 잡고 취소되길 반복했다. 우린 여태 물리지 않았던 모기를 그 장소에서 다 물려왔다. 우리가 그랩을 잡고 가려는 목적지가 인기가 없는 곳이었나 보다. 결국 모든 사람들이 그랩 타고 떠나고 우리만 남아있을 때 겨우 그랩 성공해서 그곳을 탈출할 수 있었다. 1시간 동안 그랩과 씨름하느라 100% 풀 충전되어 있던 핸드폰 밧데리가 순삭 되었다.

TV 프로그램 〈독박투어〉에 나온 맛집 반리시앙이라는 사테 샤브샤브 집에 도착했다. 늦은 저녁임에도 맛집이라 그런지 약간의 웨이팅을 하고 앉았다. 신기한 건 육수를 선택할 수 있다. 오랫동안 이어온 재사용 되는 육수 또는 새로운 육수로 선택할 수 있다. 새로운 육수 RM30(9,600원)를 선택했고 우리 눈앞에서 새 소스를 끓여준다. 아이들이 직접 냉장고에 가서 꼬치를 선택해서 가져온다. 본인들이 선택해서 그런지 배추, 버섯 등의 꼬치도 너무 맛있다며 잘 먹었다. 한동안 야채를 많이 못 먹어서 너 마음속의 죄스러움이 있었는데 오늘은 해방이다!

말라카는 밤에도 너무 예쁘고 볼 것 할 것 먹을 것이 넘쳐났다. '화려한 조명과 신나는 음악이 흘러나오는 인력거 트라이시클 타봐야지!' 한 덩치 해 주시는 둥이 님이지만 나 포함 세 명을 태워줬다. 하루 종일 더위에 땀 흘린 아들의 옷에서는 쉰내가 난다. 안고 타려니 내 새끼인데도 쉰내에 '오래 타진 못하겠다.'라고 생각할 즈음 도착했으니 내리란다. 7~8천 원 돈을 냈는데 5분 타고 내리려니 어이가 없었지만 아들의 옷에서 나는 쉰내 덕에 화를 가라앉힌다.

강바람 시원하게 야경 불빛 감상하면 좋겠다 싶은 찰나에 눈앞에 크루즈 선착장이 나왔다. 밤 10시가 넘었는데도 대기 줄이 길다. 하지만 배가 자주 오고 많은 사람들이 한 번에 타다 보니 줄이 금세 줄어든다. 무조건 강추하는 액티비티다.

말라카에서 크루즈 타고 야경 감상하기

오늘 하루도 불태웠다. 숙소로 걸어 들어오는데 자정이 넘어 말라카에서의 하룻밤이 지났다.

> **TIP**
> **예매 사이트** https://www.busonlineticket.com/
> 반드시 KKKK 버스로 예매할 것! 가격이 비슷한데 만족도 후기가 가장 높고 버스 상태도 쾌적함. RM5(1,600원) 정도의 추가 비용을 내고 QR 표 이메일로 받기 선택하면 절대적으로 시간 절약됨.

19일 차

오늘의 하루는
기적이었다

어제 하얗게 불태운 덕분에 오늘은 늦잠이라는 걸 잤다. 아이들과 배고픔에 몸을 일으키고 간단하게 짐을 정리해 놓고 숙소에서 나왔다. 그랩이라면 진절머리가 나는 터였고, 인근에 걸어갈 만한 곳들로 걷기 시작했다. 무엇으로 배를 채우리 고민하면서 걷다 보니 필리핀 보홀에서 엄청 맛있게 먹었던 졸리비(패스트푸드)를 마주하게 됐다. '조호바루에서는 못 봤는데?!' 둥이들이 졸리비 특제 소스를 좋아했던 둥이 아버지를 추억하면서 졸리비에서 식사를 하잖다.

아직 오픈 전이라 근처 구경하면서 배회하며 시간을 보냈다. 오픈 시간이 되었는데도 아직도 푯말은 close(닫힘) 표시가 돼 있고 문이 잠겨있다. '아놔, 우리나라에서는 상상도 못 하는 일이다!' 5분 정도 지나서야 open(열림) 표시로 바뀌었고 문을 열어줬다. 맛있게 먹으면서 핸드폰으로 기사를 보는데 한국에 난리가 났다. 태국 방콕발 비행기가 무안에서 착륙 중 사고가 났단다. 비행기 사고라는 게 한 번 나면 대형 사고이기도 하고, 심지어 필자의 아빠도 방콕발 비행기를 타고 오늘 아침 인천공항으로 오는 날과 시간이어서 더 놀라기도 했다.

수백 명의 소중한 이들의 목숨을 앗아 간 최악의 비행기 사고가 발생한 것이다. 너무 큰 대형 사고가 그것도 기사를 보면 볼수록 인재였다는 사실에 화가 나고 더욱 속상하고 슬펐다. 타지에서 들은 고국의 대형 참사 소식은 정말 어떻게 형언할 방법이 없었다. 나는 업데이트되는 무안 참사 소식을 지켜봤다. 돌아오는 버스 내내 유가족들의 슬픔과 눈물을 하늘이 아는지 하루 종일 비가 내렸다.

"소중한 이가 아침에 나갔던 문으로 매일 돌아오는 것 그건 매일의 기적이었다." － 〈폭싹 속았수다〉 中

우리에게 주어진 오늘의 하루는 기적이었다.

세계에서 가장 큰 과일 잭푸르츠와 인사

말라카 1박2일의 여행은 진짜 한마디로 표현한다고 하면 '나를 불태웠다?!' 물론 말라카의 매력은 넘쳐나고 즐거웠지만 그거와 별개로 힘든 건 힘든 거였다. 거기에 무안 참사로 인한 심리적 탈진까지 제대로 후유증을 앓았다. 둥이들은 어학원에 가고 나는 오전 내내 집에서 누워 눈만 껌뻑 껌뻑거리며 널브러져 있었다. 다시 기운을 내 하원 후 아이들과 함께 새로운 마트 jaya grocer(자야그로서)로 향했다. 자야그로서는 우리나라로 치면 이마트 같은 곳이다. 깨끗하고 쾌적하게 상품 진열도 잘되어 있고 물건 종류가 다양하게 많았다. 특히나 논할랄 존이 있어서 돼지고기와 술을 살 수 있다는 점도 이곳을 오는 이유 중에 하나이다.

말레이시아의 대형마트 NSK(엔에스케이)는 현지식 마트라 싸긴 한데 특유의 냄새도 나고 상품 진열이나 서비스 이런 부분에서 좀 불편하다. 그에 비해 자야그로서는 조금 비싸지만 물건이 좋고 종류가 많아 쇼핑하기에 좋다. 내가 아는 오이는 두 종류 정도인데 여기 마트들은 오이 종류만 10가지가 넘는다. 그만큼 다양한 상품들이 즐비해 있다. 마트마다 다르지만, 어린이 전용 카트도 있어서 아이들이 직접 하나씩 끌고 다니면서 마트에서 필요한 물품을 고르고 결제하는 재미가 있다.

오늘 우리는 여행으로 지친 상태라 오늘은 무언가를 새롭게 하는 대신, 안 먹어본 과일 경험을 하기로 했다. 둥이들과 같이 둘러보면서 세상에서 제일 큰 과일이라는 잭푸르츠를 사 들고 왔다. 손질법을 영상으로 보고 시식을 시작했다. 식감은 좀 더 쫀쫀하고 덜 딱딱한데 우리나라 단감 맛이 나면서 먹을만했다.

사실 먹기 전, 손질되어 1회 용기에 담긴 잭푸르츠의 뚜껑을 열었을 때 식초 같은 냄새가 나서 좀 걱정했지만 먹을 만했다. "먹을만하네~"라며 연신 시식 평을 내놓았지만 두 번째 포크 질을 하진 않았더랬지. 며칠이 지나 '버려야 하나?' 싶었는데 다시 또 먹어보니 더 친근해진 맛이었다. 그렇게 맛있게 먹은 우린 그 후로 마트에 가서 또 한 번 잭푸르츠를 사서 먹었다.

21일 차

바다 건너
해피뉴이얼

오늘로 6주 살기 반절이 지났다. 내가 사랑하는 사람들 소중한 가족들이 건강하고 무탈함에 감사가 절로 나온다. 그리고 남편 없이 나 혼자 둥이와 함께 떠나와서 별 탈 없이 즐겁고 행복하게 중반까지 지내온 것에도 감사함을 느낀다.

'1월 1일은 전 세계 빨간날 아니던가?!' 말레이시아 조호바루 어학원들은 비싼 수강료에 부모님들의 눈치를 보는 것인지, 주변에 쉰다는 어학원은 들어보지 못했다. 다들 수업을 강행했다. 그리하여 둥이들의 새해 카운트다운을 말리고 저녁 10시에 잠자리에 재웠다. 여기저기 불꽃축제를 한다길래 혼자 맥주 한 캔 하며 기다리는데 0시 0분이 되자마자 곳곳에서 폭탄이 터지는 소리들이 들려왔다.

어느 한 곳에서 스케일 있게 불꽃축제를 하는 것이 아니었다. 약간 가가 호호 느낌으로 좀 큰 호텔이나 레지던스라던지, 또는 쇼핑몰 이런 곳 여기저기서 큰소리에 비해 빈약한 불꽃들이 터지고 있었다. 꽤나 긴 시간 동안 폭탄 터지는 소리를 내며 불꽃을 터트리는 바람에 행여나 둥이가 깨진 않을까 하고 걱정을 하며 '이젠 좀 그만 하지?' 싶을 정도로 신경이 예민해질 즈음 불꽃축제가 꺼지고 그렇게 새해 날이 밝아왔다.

고맙고 행복했고 무탈함에 감사하며 바다 건너 "해피뉴이얼!" 외쳐본다.

그 돈은
제가 다 썼습니다

애초에 6주 살기를 결심하면서 싱가포르는 물 한 병에 4,000원이라는 살인적인 물가를 각오하면서 왔고 말레이시아는 한국의 80% 정도 수준이라고 알고 왔다. 그래도 현지식이나 야채, 과일 이런 건 한국에 비해 엄청 쌌다. 문제는 한국에 있었다면 굳이 안 했을 액티비티와, 굳이 안 했을 외식을 매 번하다 보니 내가 생각한 것보다 두 배가 넘게 나갔다. 파산핑이 따로 없다. 싱가포르는 하루 20만 원 정도를 예상했고 말레이시아는 하루에 5만 원 정도면 되지 않을까 싶었는데 하루에 10만 원에서~12만 원 정도의 생활비가 발생했다.

이게 나도 누구를 탓할 것도 없다. 일단 아들 아침은 집에서 챙겨 줬다 치고 나 혼자 나가서 밥 먹고, 차 마시고, 마사지를 받는다. 애들 만나서 액티비티 하나 하고 저녁 사 먹고 그다음 아침에 챙겨줄 식자재 사다 보면 어느새 하루 평균 12만 원의 지출이 되어 있다. 화폐단위도 우리나라에 비해 작기도 하고, 뭔가 사면서도 '그렇게 비싸진 않네?'란 착각이 들었다. 그렇게 누적돼서 가계부를 적어 보면 어김없이 하루 평균 12만 원을 돌파한다.

가뜩이나 계엄령 이후에 환율이 날뛰어서 더욱 큰 지출이 발생하고 있다. 나중에 손가락만 빨게 되는 건 아닐지 불안함이 엄습한다. '동남아지만 물가는 동남아가 아니고, 또 그 돈은 제가 다 썼습니다.'라고 반성하며 오늘을 마무리해 본다.

적응은 끝났는데,
사건은 계속된다

22일 차

열나신 아드님과
말레이 현지 병원행

　분명 어제 무탈하게 해외 살기 즐기고 있음에 감사드렸는데, 입이 방정이다. 아드님들께서 컨디션이 예사롭지 않다. 사실, 말레이시아로 와서 내심 신경 쓰였던 게 둥이 1호 님께서 자꾸 마른기침을 해대는 거였다. 딱히 열이 나는 것도 아니고 컨디션이 나빠 보이지 않아서 대수롭지 않게 여겼는데 마른기침 횟수가 잦아지면서 병원에 가봐야 하나 하던 참이었다. 그러다가 오늘은 둥이 2호 님께서는 열까지 동반한 컨디션 난조가 찾아왔다. 미룰 수 없는 병원행이다!

　이럴 때를 대비해 어차피 여행자 보험도 들어왔겠다 현지 병원 검색을 해본다. 개중에 구글 지도 리뷰도 좋고 선생님이 친절하시다 하여 전화를 해봤다. 우리가 갔던 병원은 에코보타닉에 위치한 프리미어 메디카 클리닉이다. 1월 1일 분명 내 달력엔 빨간날인데, 병원도 영업을 한단다. 그래서 둥이들 여권을 챙겨 그랩을 타고 에코보타닉에 있는 말레이시아 현지 병원으로 향했다. 혹시 몰라 여행자 보험 증서도 들고 갔는데 필요 없고 진료받을 분의 여권만 있으면 된다.

우리가 만난 말레이 여의사 원장님은 영어로 말씀을 천천히 해주시고 발음도 명료해서 소통하기가 수월했다. 둥이 1호 님의 마른기침은 코가 약한데 에어컨 바람이 세서 기관지가 약한 사람들에게 자주 나타나는 증상이란다. 참고로 말레이시아의 특징 중 하나는 어딜 가든 '얼려 죽이려는 속셈인가?' 싶을 정도로 에어컨의 강도가 매우 세다. 그래서 쇼핑몰이나 어느 실내를 가든 카디건이나 바람막이는 필수다. 추운 사람은 더 껴입으면 되는 데 더운 사람은 방법이 없기 때문에 에어컨을 세게 시원하게 틀어 놓는다고 한다. 어딜 가든 에어컨이라 쉽게 낫지 않았다. 약을 먹는 동안에만 좀 마른기침이 잦아지다가 약을 끊으니 다시 원위치되었다.

둥이 2호 님은 열이 동반된 감기 증상이다. 예상대로 목이 좀 부었고 약을 먹고는 컨디션이 괜찮아졌다. 우리나라로 치면 소아과에서 감기 진료받고 약을 받았는데 금액은 인당 RM50(16,000원) 나왔다. 계산할 때 영수증 챙기면서 "insurance(보험)"라고만 말해도 보험사에 제출할 서류 찰떡같이 알아들으시고 서류를 챙겨주신다. 서류와 영수증 고이 챙겨와 한국에 돌아와서 어플로 신청해서 돌려받았다.

TIP 진료받을 분의 여권 지참 필수! 진료 후 여행자 보험에 청구할 서류와 영수증 챙길 것.

23일 차

어른이 더 친구 사귀기 어려운 것 같다

어렸을 적에는 학교라는 특수한 곳에서 생활을 하다 보니 자연스레 친구들을 사귈 수 있었다. 어른이 된 지금은 친구를 사귀려고 노력하지 않으면 친구 사귀기가 힘들다. 사실 지금 있는 친구들 및 인간관계도 유지한다는 게 쉽지 않음을 알기에 굳이 새로운 친구 만들려는 시도를 하지 않았다. 오히려 한국인들이 많이 선택하는 숙소는 피해서 선택했으니까…. 그런데 6주 살기 생활 1주일이 지나자마자 막상 어른과의 대화가 고파졌다.

의도하지 않았지만 자연스레 어학원에서 설명회 같은 작은 자리가 마련되어 엄마들을 만나게 되었다. 원장님의 교육 방향과 목표 그리고 자녀 교육에 관련된 설명을 마치자마자 나와 같이 어른과의 한국말 대화가 그리웠던지 엄마들의 대화가 쏟아졌다. 각자 한 달 살기 한가득 짐을 싸온 이야기부터, 학원비 지불을 위한 조호바루에서의 ATM 찾기 삼매경 등의 이야기들이 오갔다.

짧은 대화에 아쉬움을 느껴 누가 먼저랄 것도 없이 "근처 커피숍에서 커피 한잔하고 갈까요?"라며 자연스레 우리의 대화는 커피숍으로 이동했다. 결론부터 말하자면, 아쉽게도 대화를 나눌수록 이질감만 느껴지는 마음이 더 멀어지는 시간이었다. '그냥 이렇게나 다르게 생각하고 다른 사람들이 많구나!'라고 표현하면 끝이지만 내가 아쉬웠던 점은 괜히 안면을 트게 되면서 어설프게 아는 사람이 늘었다는 점이었다. 아무래도 생활 반경이 좁기도 하고 한국인들이 가는 곳이 겹치기 마련인지라 마주칠 때마다 어설픈 미소와 사회적인 마인드를 장착해야 한다는 점이 솔직히 말하자면 불편했다.

한국에서 떠나오기 전 새로운 사람을 사귀는 데 양가감정을 계속 지니고 있었다. '외국까지 나와서 굳이 한국 사람들과 어울리지 말아야지!'라는 마음과 '그래도 해외 살기라는 특별한 시간을 가지고 있는데 여기까지 온 사람들과 특별한 인연을 이어가면 좋지 않을까?'하는 감정 말이다. 결국 내가 원한 건 마음에 맞는 사람을 자연스럽게 만나 좋은 인연을 이어가는 것이었다. 지나 보니 덕분에 온 전히 둥이들과 셋이서 함께하는 즐거운 추억을 만드는 시간이 많아졌다. 특별한 친구들을 만나기 전까진….

24일 차

드디어!
레고랜드 워터파크

비가 내려도 재밌게 놀 수 있는 레고랜드 워터파크

드디어 오늘, 24일 차만에 레고랜드 워터파크에 왔다. 미리 집에서
부터 래시가드로 갈아입고 와서 둥이들은 바로 물속에 풍덩! 나는 아
이들이 갈아입을 옷과 짐들을 챙겨 그늘 자리를 잡고 앉았다. 파도
풀장 앞에 비치의자들과 그늘을 만들어 주는 파라솔이 있다. 거기에

자리 잡지 못할 경우에는 옆에 있는 야외 음식점을 이용하면 된다.

레고랜드 테마파크와는 다르게 실내 레스토랑이 없어서 매우 덥다. 음식물 부스러기 주워 먹겠다고 날아다니는 비둘기와 새들이 많아 조류를 무서워하는 나에게는 좀 불편한 공간이었다. 레고랜드 테마파크와는 달리 워터파크는 아이들이 매우 재밌어했다. 사실 둥이는 우리가 머물고 있는 숙소의 아무것도 없는 수영장에 들어가도 둘이 시간 가는 줄 모르고 잘 놀긴 한다. 그런데 여긴 다양한 슬라이드도 있으니 얼마나 더 재밌겠는가! 왜 이제서야 왔는지 아쉬워했다.

아무래도 낮엔 덥다 보니 햇빛 아래 레고랜드 테마파크보다는 시원한 워터파크가 더 즐거운 시간을 선사하는 것 같다. 한국에서는 슬라이드 하나 타려면 몇십 분씩 기다려야 하는 데 여긴 사람이 많지 않아 너무 좋았다. 레고랜드 이용객의 주 연령대가 어리다 보니, 조금 난이도가 있는 슬라이드의 경우에는 더욱 빠르게 탈 수 있었다. 내일도 오자는 둥이의 말이 이렇게 반가울 수가! '드디어 본전을 뽑는구나~!' 어디를 가든 무슨 체험을 하든 다 돈이 들어서 비용이 만만찮게 들었는데 연간 회원권으로 가면 체험비가 빠지니 언제든 환영이다.

그리고 4주 만에 오늘에서야 드디어 둥이들도 같이 친해진 한 살 위 형님이 생겼고, 그 덕에 나도 자연스레 마음 맞는 엄마 친구가 생겼다. 드디어 한 달 만에 특별한 인연을 만나게 되었다.

25일 차

진작 올걸!
연간회원권 뽕 뽑았다

어제에 이어 레고랜드 워터파크에 왔다. '진작 올걸!'이라며 둥이들이 워터파크에 왜 이제서야 왔는지 아쉬워하는 탄식이 이어졌다. 어제 친해진 형과 함께하는 워터파크가 정말 재밌었나 보다. 바로 또 오자는 말과 함께 진짜 다시 행차하셨다. 어제 얼마나 재밌게 놀았냐면, 새로 장만한 수영복 바지가 둥이 엉덩이 골짜기에서 못 버티고 터져나갔다. 급하게 실로 꿰매 보았으나, 응급처치만으로는 회생이 되지 않았고 결국 내 수영복 바지를 하사했다. 여자 것 아니냐며 싫다는 둥이 2호 님께 남녀 공용 수영복이라며 센스 있게 위기를 넘겼다.

나도 여기 오기 전에 새로 장만한 수영복 바지였는데 6주 동안 단 한 번도 입지 않았다. 생각보다 조호바루의 우기 날씨는 한낮을 제외하곤 물놀이하기엔 춥고 바람이 많이 불었다. 그리고 가끔 스콜성 비가 지나가고 나면 쌀쌀해져서 물놀이하기 쉽지 않다. 같이 워터파크행을 했던 일행들의 아이들은 추워서 입술이 보라색이 되거나, 수영 타월을 두르는 경우가 종종 있었다. 열이 많은 둥이들은 지칠지 모르고 신나게 놀았다.

또 오자는 둥이들의 말에 '연간 회원권 드디어 뽕 뽑았다!' 안도의 한숨을 내쉬었다.

> **TIP** 아무래도 테마파크나 워터파크 안에서는 물도, 간식도 조금 더 비싼 편이다. 레고랜드로 입장 전 메디니 몰에 있는 패스트푸트 버거킹에서 500원대의 아이스크림은 참새방앗간으로 이용하기 좋다. 무엇보다 깔끔한 매장과 다양한 상품 그리고 한식 재료가 많은 빅마트는 장보기 필수 코스다. 푸드코트에서 간단한 식사하기에 분위기도 맛도 괜찮은 편이다.

26일 차

이토록 특별한
인연이라니

 앞에서도 언급했듯이, 새로운 인연을 만드는 것에 대해서 양가감
정이 있었다. '굳이?'라는 감정과 '만약에 자연스럽게 마음 맞는 분
들과 맺어지는 인연이라면 대환영!' 후자의 일이 생겨났다. 둥이들
이 어학원에서 만나게 된 한 살 위 형님과의 인연이다. 사실 어학원
에서 엄청 친구들이 많이 생길 줄 알았는데 안전상, 관리상의 이유
로 다른 반 친구들과의 교류가 어려웠다. 한 반에 소규모 5~6명이
었기에, 많은 친구를 사귈 기회는 없었다.

 그중 한 살 위 형님 한 명과 좀 친해졌는데 1년 살기를 온 친구였
다. 몇 번 지나가다 그 형과 엄마를 마주치고 가볍게 목례만 하고
지나쳤다. 베트남에 살고 있는 친구를 통해 들은 바로는 영어를 위
해 짧게 1년~2년 이렇게 살러 오는 사람들은 한국인 친구들과 어

울리는 걸 싫어하거나 기피한다고 들었던 터라, 내심 그럴 수 있겠다 싶었다. '더군다나 우리처럼 짧게 머물다가 가는 사람하고는 굳이 그분들이 우리와 인연을 만들 필요가 있을까?' 생각했다. 그렇게 오해를 하고 지내다, 우연찮게 같이 자리에 앉아 이야기를 나누게 되었다.

때는 우리가 워터파크를 처음 갔던 며칠 전의 일이다. 레고랜드 워터파크에서 마주친 우리는 서로 목례만 나누고 다른 자리에 앉아 있었다. 비가 갑자기 쏟아지는 바람에 비를 피할 수 있는 내 쪽으로 자리를 옮겨 앉으시면서 자연스럽게 이야기를 나누게 되었다. MBTI가 외향형 E지만 생산적 외로움을 택하겠다며 겉으로 I인 척하던 나도 한 달 정도 어른들과의 대화가 고팠던지 봇물 터져버렸다. 그분도 친해졌던 무리들이 한 달 살기를 마치고 마침 떠났던 터라, 아이도 어른도 심심해하던 터였다.

아이들끼리는 어학원 안에서도 친하게 지냈어서, 금세 셋이서 절친이 되었다. 나도 둥이들 덕에 인생의 선배 같은 언니를 사귀게 된 것이다. 언니는 딸 둘에 늦둥이 아들 하나 이렇게 아이가 셋인 다복한 가정이다. 베트남 호찌민에서도 다년간. 말레이시아 쿠알라룸푸르에서도 수년을 살았던 터라 해외 살기 고수였다. 그리고 큰 아이들을 전 세계 손에 꼽히는 해외의 유명 대학에 입학시킨 육아, 입시 고수의 언니였다. 코로나로 예상치 못한 급 귀국으로 늦둥이 아들의 영어가 아쉬움이 남아 아들과 엄마 둘이서만 1년 살기를 나온 케이스였다.

이미 살아봤던 말레이시아 쿠알라룸푸르는 수도라 너무 정신이 없고 한적한 제주도 느낌을 풍기는 조호바루를 선택했던 터. 쿠알라룸푸르에 살면서 여행으로 몇 번 왔던 곳이라 잘 알고 있었고 우리나라와는 반대편인 운전자석에도 불구하고 오자마자 차를 사서 운전하고 다니셨다. 나와 둥이는 언니 덕에, 현지 찐 맛집 투어도 다니게 되었고 그랩으로는 가기 애매하거나 어려운 장소들도 같이 구경 다니게 되었다. 너무 좋은 마음 맞는 가족을 만나게 되었다. 한국에 돌아와서도 소중한 인연이 계속되었다. 이토록 친밀한 인연이라니!

경솔 발언이 부른
가족 초대

    말레이시아 조호바루 신도심 주변은 조성된 지 얼마 안 돼서 그 런지 너무 깨끗하고 깔끔하고 진짜 딱 내가 느꼈던 미국의 캘리포 니아 같았다. 그래서 조호바루 도착 첫날, 엄마와 가족들한테 잘 도 착했다는 소식과 함께 여기의 느낌을 너무 필터링 없이 마구 던졌 다. "여긴 그냥 다른 동남아시아 같지가 않아! 캘리포니아 느낌이라 니깐?!" 가족들의 호기심을 너무 자극했다.

    나의 숙소는 접는 매트까지 구비돼 있어서 최대 6인까지 묵을 수 있다. 비행기만 티켓팅해서 오라고 꼬셨다. 심지어 조호바루는 직 항이 없어서 싱가포르로 와서 국경을 넘어와야 하는데, 엄마와 언 니가 걱정되어 둥이와 내가 싱가포르 공항으로 마중 나가기로 했다. 싱가포르 입국심사 서류랑, 말레이시아 입국심사 서류 내가 다 신청해 놓을 테니 오라고.

미국 캘리포니아 느낌을 주는 조호바루 신도심

그렇게 성사가 되어 드디어 내일 엄마와 언니가 오는 날이다. 그렇게 꼬셔놓고선 내심 후회되는 부분이 있었다. 너무 피곤해서 나의 눈은 며칠째 떨림이 사라지지 않고 있던 터였다. 그런데 아이들과 하원 후 버스 타고 싱가포르 국경을 넘어 공항까지 몇 시간을 거쳐 마중 나갈 생각하니 보통 일이 아니다. 그리고 아이들은 이모와 할머니보단, 이미 친해진 형님과 더 놀고 싶어 하는 눈치다. 그래도 이미 초청은 했고 서류 정리도 다 해놨다. '자 이제 내일 마중만 나가면 된다!' 식구들이 오니 쾌적함 한 스푼은 얹어야겠다 싶어 밀린 대청소를 하고 장도 봐놨다. 그런데 갑자기 언니한테 다급하게 연락이 온다.

비행기 시간 딜레이 안내가 왔다. 4시간의 딜레이가 가져온 여파는 생각보다 컸다. 입국 날짜가 달라지면서 싱가포르 입국심사 서류도 다시 작성해야 하고, 말레이시아 입국 서류도 다시 작성해야 하는 불상사가 벌어졌다. 새벽 2시 입국은 모든 게 상황을 틀어지게 만들었다. 아이들과 싱가포르로 마중 나가는 일도 어렵게 됐고 칠순이 넘으신 울 엄니에게 새벽 도착은 너무 무리되는 일정이 되어버리고 말았다. 결정적으로 엄마가 감기 기운이 살짝 와서 컨디션이 별로라는 말에 우린 바로 일정을 전면 취소하기로 했다. 모든 일에는 장점만 있는 게 아니 듯, 단점만 있는 것도 아니었다. 엄마랑 언니가 오기로 했던 일정 내내 우리나라 장마 마냥 비가 하루 종일 내렸다.

"왔으면 집에만 있을 뻔했어!"라며 우리의 불운이 행운이었다며 위로하고 다음을 기약했다.

28일 차
아쿠아리움과
납작 복숭아

레고랜드 아쿠아리움은 시원하고 아기자기하게 꾸며놔 꽤 보고 즐길만한 것들이 많았다. 생각보다 규모는 작은데 레고 장식들과 함께 잘 꾸며져 있었고 다양한 수중 물고기들 구경에 시간 가는 줄 몰랐다. 아쿠아리움만 오면 아쉽고 레고랜드 어트랙션 즐기다가 너무 덥거나 많이 놀고 지칠 포인트쯤에 들리면 시원하게 휴식하듯 즐기기에 적당하다.

레고랜드는 총 3가지 구역으로 나뉘는데 어트랙션이 있는 테마 구역과 워터파크 그리고 아쿠아리움이다. 영업시간과 구역별 휴무일은 변동이 있을 수 있으니 공식 홈페이지에서 확인하고 방문하자! 그리고 레고랜드 호텔 로비에는 레고 장식이 크게 멋있게 되어있어 구경하기도 재밌고 레고 블록이 있어서 만들고 놀기에도 좋다. 시원함도 덤! 숙박객이 아니더라도 로비에서 시원하게 레고 가지고 놀 수 있다.

　말레이시아와 싱가포르 살기 중 하나의 목표였던 1일 1thing 하기! 오늘은 납작 복숭아 맛보기다! 동남아시아의 납작 복숭아가 맛있다는 얘기는 들었는데 기대와는 달리 생각보다 아쉬운 맛이었다. 최근 비가 계속 내린 여파였는지 나름 여기 다른 과일보다 비싸게 주고 샀는데 둥이들의 손이 잘 안 간다. 아까움에 또 내가 나머지 처리반!

TIP 그랩 잡을 때 메디니 몰 스타벅스와 레고랜드 호텔 앞 비용 비교해보고 싼 쪽으로 잡을 것!

진짜 로컬의
삶을 맛보다

29일 차

바쿠테와 딤섬 맛집

엄마와 언니랑 함께하지 못한 아쉬움을 뒤로하고 여기서 맺은 소중한 인연들의 언니들과 함께 같이 조호바루 살기 하반기를 만끽했다. 말레이어로 조호(=보석), 바루(=새로운), 우리는 새로운 보석 발견을 시작했다. 언니 덕에 차로 더 편하게 맛집 찾아 자유롭게 다닐 수 있었다. 지금 글을 쓰는 와중에도 또 감사하네!

국물이 끝내주는 바쿠테(갈비탕)　　직원분이 딤섬을 들고
　　　　　　　　　　　　　　　　테이블로 돌아다닌다.

싱가포르 송파바쿠테 본점에서 맛본 바쿠테보다 여기 조호바루 에코보타닉에 위치한 순파바쿠테가 더 맛있었다. '진짜 몸보신하는 듯한 느낌이랄까?' 국물도 시원하고 가격은 훨씬 더 싸고! 다만 카드 결제 안 되고 현금 결제만 된다는 단점이 있다. 그리고 오픈 시간에 맞춰가면 웨이팅 안 해도 되는데 그 외 시간은 웨이팅이 있는 맛집이니 참고하시길!

딤섬 하면 딘타이펑이지만, 싱가포르 딘타이펑에서는 가격이 너무 세서 마음 편히 먹지 못했다. 그것에 대한 보상으로 찾은 가성비 딤섬 맛집, 에코보타닉에 위치한 Tasixi Restaurant(타시시식당)이다. 일하시는 분들이 대부분 중국인분들이라 의사소통은 어렵다. 신기한 점은 점원이 큰 쟁반에 갓 만든 딤섬들을 들고 테이블마다 돌아다니면서 손님들이 자리에서 픽하면서 먹는 것이다. 없는 건 메뉴판 보면서 추가 요청하면 만들어주고 식사 와중에도 계속 갓 만든 딤섬과 요리들을 들고 자리로 와서 픽해서 먹기만 하면 된다.

특히 흰죽같이 생긴 메뉴도 하나 골라서 드시길 추천드린다. 너무 맛있고 청경채 볶음도 너무 맛있다. 딤섬도 다양하게 너무 맛있다. 우리나라에서 접해보지 못한 다양한 딤섬을 눈으로 직접 보시고 고르는 재미가 있는 맛집이다. 가격은 말해 뭐 해. 아무리 먹어봐도 딘타이펑의 1/5값 나오려나?

30일 차

오리엔탈 코피티암은
못 잊어!

언제 가든 웨이팅 해야 하는 찐 맛집! 　오리엔탈 코피티암의 나시르막

　오리엔탈 코피티암은 말레이시아에 왔다면 무조건 가야 하는 1등 현지 맛집이다. 지점이 여러 개 있는데 우린 부킷인다 이온 몰로 갔다. 언제 가든 웨이팅이 있는 곳이지만 그만큼의 가치가 있는 곳이다. 매장에서 식사할 줄과, 전 세계 1등이라고 말하고 싶은 에그타르트 사 가는 줄이 따로 있으니 잘 확인하고 줄 서시길! 말레이시아의 대표 음식 나시르막 삼발 소스도 너무 맛있다. 특히 에그타르트가 너무 맛있어서 오리엔탈 코피티암에 왕복 1만 원의 그랩비를 지불하면서까지 와서 세 번이나 사 먹었다.

진짜 너무 맛있어서 개인적으로 말레이시아를 또 가고 싶은 이유가 될 정도가 됐다. 한국에 돌아와서 여러 군데 에그타르트 전문점을 돌아다녔지만 오리엔탈 코피티암에 대적할 곳을 발견하지 못했다. 다섯 개 사면 한 개 free (무료)다. 상당한 부피감이 있는 에그타르트라 다른 가족들은 1인 한 개 먹으면 배불러 하던데, 우린 잘 먹는 가족답게 1인 두 개 정도는 해줘야 먹었다 싶었다. 5개 사면 한 개 무료로 개당 1,800원 정도의 가격이다. 반드시 나시르막과 에그타르트 드시길 강력 추천드린다. 뒤늦게 찾아 세 번밖에 못 먹었다는 아쉬움이 너무 큰 맛집이다.

31일 차

싱가포리언들의 성지
미드밸리몰

미드밸리몰은 싱가포르로 넘어가는 퍼스트 링크가 위치한 곳 근처라 우리가 살고 있는 신도심에서 차로 편도 약 30~40분 거리에 있는 곳이다. 주말에는 물가가 싼 말레이시아로 넘어오는 싱가포리언이 많은 매우 복잡하고 유명한 대표 쇼핑몰 중에 하나다. 명품 매장이 있는 쇼핑몰이기도 하며 다양한 액티비티와 먹을거리가 있는 곳이다. 둥이들과 함께 친한 형네 가족과 함께 미드밸리몰을 갔다. 고카트(자동차 운전)도 타고 VR(브이알) 게임도 했다. 비용들이 결코 싸지 않다. 큰 게임장 같은 곳도 있어서 아이들의 눈이 휘둥그레졌다.

한국에서 한 번 크게 유행을 휩쓸고 간 일본 게임 〈포켓몬 가오레〉가 있어서 우리 아이들의 마음을 사로잡았다. 겨우 한국에서 유행 끝내고 헤어진 줄 알았는데, 이게 웬걸? 여기서 게임 고수 아저씨를 만나 다시 홀릭하게 되었다. 하필 그날 게임 대결이 열렸고 〈가오레〉 칩(네모난 플라스틱)을 많이 가지고 있는 고수 아저씨로부터 몇 개 얻더니 아이들의 가오레 앓이가 또 시작되었다. 우린 집으로 돌아가는 날에도 싱가포르 공항에서 〈포켓몬 가오레〉 매장을 가서 싱가포르와 말레이시아에서 칩이 호환되는지 체크하러 갔다는 웃픈 후문이다.

여하튼 미드밸리몰은 액티비티도 많지만 다양한 유명한 음식점과 디저트 맛집들이 많았다. 완전 핫해 웨이팅이 긴 복숭아 우롱 밀크티 맛집 CHAGEE(창이)는 너무 줄이 길어서 미드밸리몰에서는 실패했고, 우린 부킷인다 이온 몰에서 맛볼 수 있었다. 신기하게 복숭아 맛이 나면서 깔끔한 맛의 우롱 밀크티다. 가격은 3,500원 정도이다. 명품 디올 백과 디자인이 비슷한 보냉 백에 포장을 해줘서 더욱 유명해졌다는 밀크티다. 한 개를 사도 보냉 백에 포장을 해줘서 들고 다니는 사람들이 엄청 많아 그 덕에 마케팅 효과가 엄청 커졌다고 한다. 수많은 싱가포리언들이 줄을 서서 사 먹고 가방을 들고 다녔다.

스타벅스 vs 주스커피

한국인들의 커피 사랑은 어마 무시하다. 나 또한 1일 두 잔 정도의 커피를 마시는 커피 마니아다. 아이들 어학원에 가고 나면 나 혼자 떠나는 나만의 커피 시간이 너무 좋다. 처음에는 집 근처의 스타벅스로 갔다. 한국에 비해 아메리카노 RM8(2,560원)가 저렴하고 무료로 와이파이 이용할 수 있어서 자주 갔다. 특히 푸테리하버 근처에 있는 스타벅스의 경우에는 창밖으로 보이는 하버 뷰가 너무 좋아서 그랩 타고 가볼만하다.

그런데 한 개 메뉴에 한 개 기기 와이파이 사용 가능해서 핸드폰 외 노트북까지 사용하는 나에게는 불편했다. 더욱이 거의 90% 이상이 한국인으로 가득 차 매우 시끄럽고 불편했다. 그러다 발견한 주스커피(Zus coffee)! 우리나라 이디야 커피숍 간판과 비슷해 친근감이 있었고 무엇보다 편의점에서 스타벅스 커피 캔 옆에 같이 나란히 하고 있는 주스커피 캔의 위상을 보고 '한 번 가볼만하겠군!' 싶어 동네 매장에 찾아갔다.

쇼핑몰 안에는 하나씩은 꼭 있는 국민 커피 매장 같은 곳이다. 특히 아침 세트 메뉴가 매우 저렴하고 한국인은 한 번도 못 봤다. 그리고 매장이 매우 쾌적하고 한산해서 혼자만의 시간을 즐기기에 너무 좋았다. 무제한으로 이용 가능한 와이파이는 속도까지 빨라 대만족! 다만 아메리카노 커피가 너무 쓰다는 단점이 있다. 물을 많이 넣어서 먹거나 라떼에, 설탕이나 휘핑크림 같은 달달한 것이 올라가는 메뉴로 선택하시길 추천드린다.

> **TIP** 스타벅스에서 세트 메뉴나 할인 이벤트를 직원들이 따로 안내 안 해준다. 주문 전, 팝업 광고물을 잘 확인해 보면 그날의 세일 메뉴가 있으니 혜택 이용하자! 주스커피에서는 와이파이 무제한으로 여러 기기 이용 가능하다. 아침 세트 메뉴가 매우 저렴하다.

33일 차

현지 미용실에
다녀왔습니다

   아들들의 머리카락은 한 달만 지나도 엄청나게 지저분해진다. 한국에서 출발하기 전에 깔끔하게 미용실 들렀다 왔는데도 더벅머리가 따로 없다. '살이 찐 건지, 털이 찐 건지 더욱 부해 보이는 건 왜일까?' 둥이들과 1일 1thing(씽) 의 일환으로 한 번은 현지 미용실을 가기로 약속했는데 오늘이 그날이다! 우리가 간 곳은 부킷인다이온 몰 쇼핑몰 안에 있는 미용실이다. 의사소통이 얼마나 될런지, 얼마나 가격이 나갈지 모른 채 돌아다니다 깔끔해 보이는 매장을 픽했다.

   역시 쇼핑몰 안에 있는 매장이라 그런가 값이 싸지 않다. 우리가 간 곳은 APT hair salon(에이피티 헤어살롱)이다. 열두 살까지의 어린이 커트는 RM30(9,600원)이다. 커트 후 샴푸와 젖은 머리 말리는 드라이 포함 세트는 RM40(12,800원)이다. 남자아이들은 머리 커트해 보면 알겠지만 샴푸 안 하면 머리카락이 난리 난다. 당연히 샴푸와 드라이 커트 세트 선택할 수밖에….

12,800원이면 우리나라 블루 클럽 9천 원대 같은 남자 전용 이발소보다 훨씬 비싼 값이다. '역시 그동안 내가 돈을 많이 쓴 게 아니었어! 말레이시아 조호바루 물가가 비싼 거였어!' 다시 한번 몸소 체험하면서 헤어커트를 진행한다. '의사소통이 역시나 쉽지 않군!' 아이들과 상의해서 정한 캡처한 사진을 말레이시아 현지 헤어 디자이너에게 보여주며 최대한 몸짓 손짓을 해서 의사소통을 한다. 한국으로 돌아가기 일주일 전 예쁜 모습으로 사진을 많이 남길 수 있겠다.

34일 차

신세계 프리미엄
아웃렛이 여기에?!

신세계 프리미엄 아웃렛을 옮겨놓은 줄?!

신도심에서 차로 30분 정도의 거리에 위치한 조호 프리미엄 아웃렛. 프리미엄 아웃렛이란 이름을 갖고 있긴 하지만 한국인들이 좋아하는 고가의 유명한 명품 브랜드는 없다. 그래도 없는 것 빼곤 다 있다 싶은 아웃렛이다. 전체적인 분위기와 모습이 완전 신세계 프리미엄 아웃렛과 비슷하다. 아이들 어학원에서 하원하기 전까지 돌아가려면 시간이 많지 않다. 생각보다 이 매장 저 매장 둘러보다 보면 어느새 시간이 금방 간다.

매장 별로 할인율이 다르지만 같은 매장 안에서 많이 살수록 할인율이 10%씩 더 커지는 혜택도 있으니 구매할 때 고려해 보면 알뜰하게 살 수 있다. 그리고 음식점들도 있어서 쇼핑 후 식사하기 좋다. 마담콴스라는 프렌차이즈 음식점에서의 식사를 추천한다. 큰 기대 없이 '조호바루에 있는 프리미엄 아웃렛은 어떨까?' 하고 한 번 가보시길.

35일 차

부킷인다
수요 야시장

부킷인다 야시장은 매주 수요일에만 연다. 오후 5시에 열어서 밤 11시까지만 운영된다. 우린 6주간 머무를 거니까, 천천히 가면 되지 싶어 미루다 마지막 주가 되어서야 '오늘은 꼭 가자!'가 되어 왔다. 오려고 마음먹었던 수요일에 스콜성 비가 오기도 했고, 시간 많으니까 담으로 자꾸 미루게 되었다. 그런데 안 가고 한국 가면 너무 아쉬울 것 같아 오늘은 비가 오더라도 꼭 가자 싶어 아이들과 출발했다.

그랩의 혼잡스러운 시간을 피하기 위해서 우린 야시장이 여는 시간에 맞춰 가서 빠르게 둘러보고 맛보고 빠져나왔다. 사람들이 붐비는 메인 타임의 시간에 들렀다면 그랩 잡기 쉽지 않았겠다 싶었다. 부킷인다 야시장에는 다양한 먹거리가 있었다. 꼬치구이부터,

빵 디저트, 해산물, 아보카도 주스, 망고주스, 오징어 통구이 등 우리를 끌어당기는 음식들이 어찌나 많던지! 가판대들이 쫘악 줄지어 있다. 앉아 먹을 곳이 있는 것은 아니라서 먹으면서 구경을 다녔다. 거리에서 먹기 쉽지 않은 음식은 집으로 싸 와서 먹었다.

다 맛있고 좋았는데 그중에 '이건 꼭 먹어야 해!'하고 원픽을 한다면 단연 아보카도 주스다. 경험하지 못한 형광펜 색을 띤 아보카도 주스란 말이다. '퍽퍽하거나 크리미하지 않을까?' 싶었는데 도저히 상상하지 못했던 맛이다. '이렇게 맛있다고?' 맨 처음 입맛에 안 맞으면 어쩌나 싶어 작은 병으로 한 병 샀다. 둥이들이 한 입 먹어보더니 "이건 큰 페트병으로 사야 해요!" 나도 먹어보니 '심봉사가 눈이 떠지는 맛!'이었다. 우린 바로 "큰 페트병 하나 추가요~" 하고 더 사 왔다. 아보카도 주스같이 유명한 맛집은 9시면 다 떨어진다고 하니 가자마자 사길 추천드린다.

TIP 꼭 사 먹어야 할 음식은 아보카도 주스! 큰 페트병 RM10 (3,200원)

한 점 아쉬움이 없게

36일 차

분위기 산책 다 되는
호수 공원

산책하기 너무 좋은 코스 에메랄드 레이크

선웨이 시트린 자야그로서(마트)를 몇 번이나 장 보러 방문했는데 그 옆에 있는 에메랄드 레이크를 못 봤다. '내가 어찌나 원망스럽던지!' 한국으로 떠나기 며칠 앞둔 오늘에서야 선웨이 에메랄드 레이크를 찾았다. 호수를 따라 한 바퀴 30분 정도 산책하거나 조깅하기에 너무 좋은 곳이다. 동남아시아에 이렇게 분위기 좋고 산책이나 조깅하기 좋은 장소가 조성되어 있는 곳은 보기 드물 것 같다.

호수에 물고기도 있고 오리도 있고 아이들과 함께 구경하기에도 너무 좋은 곳이다. 자야 그로서에서 물고기 밥도 파니 사서 와서 아이들과 먹이를 주는 것도 하나의 재미가 될 것 같다. 입장료 같은 것도 없고 주차도 편하다. 진짜 오자마자 알았다면 너무나 좋았을 나의 산책 코스가 되었을 것 같아서 아쉬움이 많이 남았다.

에메랄드 레이크 옆에 매주 목요일마다 한인 야시장이 열린다. 한인 야시장에 맞춰 방문하는 것도 좋다.

37일 차

두 나라의 사이에서
일몰 크루즈

낮과 밤이 교차되는 시간에 타면 더 좋다.

조호바루의 가장 큰 장점은 싱가포르 옆에 위치해 있다는 것 같다. 푸테리 하버 브루클린 크루즈를 타면 싱가포르의 탁 트인 전망과 함께 조호바루 해협을 따라 고요한 크루즈를 즐길 수 있다. 영어 구사 가능한 직원분이 크루즈를 운전하면서 하나하나 소개해 주신다. 구명조끼도 입고 타니 걱정은 노노! 망원경도 구비돼 있어서 아이들이 재밌게 구경할 수 있다. 단체 예약도 가능하고 우리처럼 개인 예약도 가능하다.

크루즈를 타는 것도 어찌나 변수가 많이 발생하던지 탑승자가 변경되면서도 한 번 변경했고, 갑자기 스콜성 비가 내리기도 해서 탑승 일자를 변경하는 일도 생겼다. 이제 더 이상은 변경이 어렵다. 나는 며칠 후 조호바루를 떠난단 말이다! 오늘 꼭 타야 하는데 자꾸 먹구름이 낀다. 비가 왔다 갔다 한다. 나와 업체는 왓츠앱으로 계속 연락을 주고받았다. 럭키하게도 우리가 예약한 6시에 먹구름이 걷히고 멋진 일몰을 선사해 줬다.

크루즈를 타면서 조호바루 해협을 따라 시원한 바람을 맞으며 감상한 일몰까지 너무 완벽했다. 가이드의 안내가 이어지면서 지루할 틈 없이 재밌게 한 바퀴 돌고 나면 어느새 45분이 훅 지나 출발했던 장소로 다시 돌아온다. '안 탔으면 어쩔 뻔!'이라는 탑승객들의 소감이 이어졌다.

38일 차

당일치기
싱가포르 여행

우린 2층 버스 타고 싱가포르 시내 한 바퀴 돌기로 했다. 싱가포르에는 버스와 지하철이 너무 잘되어 있고 노선도 간단해서 처음 이용해도 어렵지 않다. 버스 어플을 깔면, 버스 노선도와 2층 버스 표시도 있어서 2층 버스를 기다렸다 탈 수 있다. 싱가포르에는 똑같은 건물 디자인으로 건축할 수가 없다고 한다. 즉 다시 말하면 건물 모양들이 다 다르므로 구경할 맛이 있다는 뜻!

이층버스를 타고 근 1시간을 타고 메인 거리 쪽으로 가는데 지루할 틈이 없다. 이층버스 맨 앞좌석을 노리길 추천드린다. 앞자리 없다고 포기하지 마시길! 탁 트인 이층 창가는 남다른 재미를 선사해 준다. 싱가포르가 서울 크기만 할 정도로 작아서 어디든 금방 도착한다. 시간 가는 줄 모르고 구경하면서 가다 보니 어느새 우리의 목적지 도착! 마리나베이 샌즈로 향했다.

쇼핑몰 안에서 배를 타다니!

마리나베이 쇼핑몰 들어서자마자 우리 둥이들의 마음을 사로잡은 건 삼판 라이드! 쇼핑몰 내부에서 타는 작은 배! 한 번쯤 사진으로 다들 보셨을 듯하다. 삼판 라이드는 무료 이용할 수 있는 방법이 있는데 최소 하루 전에 마리나베이 샌즈 카지노 멤버십을 현장 가서 만들어야 한다. 숙박을 할 경우에는 첫날 가서 가입하면 무료 혜택받으면 좋다. 우린 당일치기 여행으로 온 거라 아쉽게도 무료 이용 못 하고 현장에서 5싱 달러 할인받고 인당 10싱 달러에 탔다.

생각보다 짧은 코스라 당황했지만 재밌다. 예약 시간을 쇼핑하다가 다리 아플 즈음으로 계산해서 하길 바란다. 그러면 아픈 다리 쉴 겸 배 타고 구경하는 재미가 있다. 생각보다 빨간 배 위에 앉아서 찍는 사진이 인생 샷 건지기 좋다. 그리고 빗물을 모아 폭포처럼 떨어트리는 레인 오큘러스 시간에 맞춰 타면 재미가 업!

마리나베이 쇼핑몰에는 커피계의 에르메스라는 바샤 커피가 있다. 대부분의 바샤 매장은 제품을 사서 가는 테이크아웃 매장인데, 마리나베이 샌즈는 몇 안 되는 베이커리와 함께 매장 내 섭취 가능한 매장이다. 다만 대기 줄이 너무 길어서 이용하기는 쉽지 않다. '나는 결국 바샤 커피를 못 먹고 가는 것인가!' 했는데, 한국으로 귀국하는 날, 출국심사 후 바샤 커피 매장을 만났다. 테이크아웃용 커피를 시키면 바샤 커피 특유의 멋들어진 문양의 테이크아웃용 쟁반과 함께 설탕 막대까지 무료로 받아서 먹을 수 있다. 이건 매장마다 다르다는데, 알아서 잘 챙기자! 출국심사 후 지친 심신을 달래며 꼭 한 번 맛보길 추천드린다.

커피 종류와 메뉴가 너무 다양해서 무엇을 선택해야 하는 것인지 선택이 어려운 사람은 힘들 것 같다. 나는 직원에게 문의해서 우리나라 사람에게 호불호가 없는 제일 인기 있는 메뉴를 추천받아 밀라노 모닝으로 주문했다. 기본 라인의 커피는 8.5싱달러로 9천 원대라고 생각하면 된다.

TIP

다양한 버스 어플이있다. 대표적으로 SG BusLeh , Singabus 어플을 설치하면 원하는 버스가 어디쯤 오는지, 1층 버스인지 2층 버스인지 확인할 수 있다. MRT노선도 확인 가능하다.

삼판라이드는 무료로 타는 방법이있다. 최소 하루 전 마리나베이 샌즈 카지노 멤버십에 가입(인포데스크 이용, 여권 필요)하자. 마리나베이 샌즈 앱을 깔면 그다음 날 무료 크폰이 담겨 있어서 예약 후 무료 이용 가능하다. 무료 혜택을 받지 못했다면 현장에서 티켓 구매 시, 멤버 가입하면 5싱 달러 할인 받을 수 있다.

39일 차

갓성비 레이저 배틀

어미의 마음엔 한 점 아쉬움이 없게 논 것 같은데 둥이들은 아직도 하고 싶은 게 남았나 보다. 레이저 배틀을 하러 가잔다. 선웨이 NSK몰 2층에 새로 생긴 레이저 배틀이다. 한국 가도 있지만 한국에서의 비용에 비하면 여긴 정말 갓성비. 3시간 이용권 또는 하루 종일권이 있으니 말이다. 하루 종일권과 3시간 이용권의 금액 차이도 별로 안 난다. 여긴 이미 한국 엄마들에게서 가오픈 때부터 소문이 난 곳이라 한국 아이들과 한국 엄마들의 천지다.

말레이시아인 사장님께서 많은 한국인들의 손님에 적잖이 당황하셨다. 나에게 한국어로 정직원 구함을 써달라는 요청을 하셨다. 그리고 왜 이렇게 한국인이 많이 온 건지 의아해하셨다. 한국 사람들이 이용하는 조호바루 카페에 이용 후기를 보고 알게 돼서 왔다고 알려드렸다. 별로 도와드린 것도 없는데 고맙다며 한 명 무료입장을 해주셨다. 나의 이런 오지랖이 때론 이렇게 행운을 가져다주기도 한다. 그 덕에 아이들은 실컷 레이저 배틀을 하루 종일 했다. 엄마들도 한번 해보라고 해주셨다. 왜 이렇게 재밌어했는지 엄마들도 공감해 볼 수 있었다. 이건 진짜 강추하는 액티비티다.

TIP 비용: 3시간 이용권 (RM60~70 19,200원~22,400원)/원데이 이용권(RM80~90 25,600원~28,800원)

40일 차
벌써 마지막 밤

한국에서 떠나올 때 짐 싸는 행위만 2주 넘게 했는데 짐을 정리할 때는 1시간 만에 끝났다. 웬만해서는 다 버리고 가고, 또 남은 생필품이나 식재료들은 남아있을 분들에게 나눔을 했다. 그랬더니 짐 꾸리는 데 시간이 얼마 걸리지 않았다. 마지막 날이니 짐 정리하면 시간이 갈 줄 알았는데 말이다. 시간이 남으니 이렇게 마지막을 마무리할 수 없었다.

우리는 레고랜드로 향했다. 맨 처음엔 좀 시시하게 느꼈던 레고랜드 테마파크, 알고 보니 우리가 제대로 안 돌아다녔던 것이었다. 둥이들과 친한 형 셋이서 엄청 재밌게 놀다 오셨다. 마지막까지 레고랜드 연간 회원권 뽕 뽑아 기분이 좋았다. 말레이시아 조호바루에서 2주 이상의 살기를 한다면 무조건 레고랜드 연간 회원권 강추드린다.

드디어 대망의 마지막 송별회 밤이다! 짧은 시간이었지만 강렬하게 친해진, 두 가족들이 아쉬움에 마지막 식사를 함께해 주셨다. 그동안 감사했다며, 서로 아쉬움의 포옹을 나누고 나중에 한국에서 만나길 약속하면서 마지막 밤을 보냈다.

41일 차

끝까지 잘 놀다 갑니다

싱가포르의 쥬얼 창이는 분수와 액티비티가 유명해서 기대했었는데 입국할 때 새벽 도착 비행기라 이용할 수가 없었다. 귀국하는 날을 기다릴 수밖에! 드디어 오늘 한국으로 돌아가는 날이다. 먼저 짐 보관부터 하고 쥬얼 창이 쇼핑몰로 출발!

아이들이 가장 궁금해했던 건 '〈포켓몬 가오레〉 칩은 말레이시아와 싱가포르가 호환이 될 것인가?! 확인하러 가야지!'였다. 〈포켓몬〉 매장이 있어서 바로 직행했다. 말레이시아와 싱가포르는 〈포켓몬〉 카드가 호환이 된다. 참고로 한국에서는 호환이 안 됐다. 그 덕에 가오레 게임 관심도는 0%로 떨어졌다. 다행이다.

그다음은 쥬얼 창이 분수 구경을 했다. 쥬얼창이 쇼핑몰에서 어디든 잘 보이지만 어느 층에서 보느냐에 따라 또 분위기가 다르다.

우린 높은 층 분수가 바로 보이는 창가 자리 레스토랑에 가서 구경했다. 저녁 시간에는 불빛이 변해서 또 다른 분위기를 선사한다. '먹었으니 이젠 체력 소모하러 가야지!' 예약해 놓은 바운싱 네트와 캐노피 파크에 갔다. 바운싱 네트는 높은 위치에 그물망으로 놀이터를 만들어 놓았다고 생각하면 된다. 밑에 내려다보면 아찔하다. 트램펄린보다는 탄성이 약해서 뛰는 재미는 약하지만 출렁거리는 재미와 높아서 스릴이 있다. 캐노피 파크는 예쁘게 꾸며놓은 정원 구경하는 맛이 있다.

'비행기 타기 전에 이렇게 땀 빼고 놀면 어떡해?' 걱정 노노다! 미리 샤워 방법까지 알아뒀다. 너무 어린아이라면 거리가 멀기 때문에 쉽지 않다. 하지만 초딩 둥이는 가능하다. 샤워하러 허브앤스포크 구글 지도로 찾아갔다. 20분 정도 걸어간 듯. 가는 길에 중간에 주차장도 있고 '이 길이 맞나?' 의문이 들 때쯤 나타난다. 캐리어 짐 쌀 때 미리 백 팩에 아이들 갈아입을 옷과 수건을 챙겨놨다. 기본 애머니티가 구비되어 있어서 수건만 챙기면 된다. 수건을 못 챙겼다면 구매도 가능하다. 다만 비쌀 뿐. 아이들도 시설이 너무 좋다며, 상쾌하게 샤워를 마치고 나왔다.

맡겨놓았던 캐리어를 찾고 출국 수속을 밟았다. 이젠 진짜 끝이다. 6주간의 모든 스케줄 완료다. 무사히 건강히 별 탈 없이, 남편 없이 나 혼자 우리 둥이들과 함께 타지에서의 생활 마침표를 찍었다. 끝까지 잘 놀다 갑니다!

　안도의 한숨과 '이제 비행기만 타면 끝이다!'하고 있는 타이밍에 상장과 함께 카톡 선물이 왔다. "귀하는 이 선물을 받을 충분한 자격이 있기에 선물과 상장을 드립니다."

TIP　**비용:** 창이공항 기내용 캐리어 기준 한 개당 11싱 달러
쥬얼창이 액티비티: 바운싱네트와 캐노피파크 (아동 1인 17,200원)
허브앤스포크 샤워: 비용은 5싱 달러

돌아와서

더욱 성장한 우리

엄마와 아들의 성장, 그리고 용기 한 스푼

　'애도 낳았는데 까짓것 해외 살기가 별거라고?!' 맨 처음 해외 살기를 계획할 때만 해도 큰소리 떵떵 쳤다. 그런데 점차 출국 날짜가 다가올수록 두려움이 커졌다. '나 혼자 애들하고만 그것도 대중교통 버스로 국경을 넘어가겠다고? 길치인 내가? 쫄보인 내가?!' 그럴수록 더 철저히 계획하고 찾아볼 수밖에 없었다. 여러 블로그와 유튜브를 보면서 동선 확인하고 머릿속으로 시뮬레이션하고, 그러면서 걱정과 두려움은 점차 잠재울 수 있었다.

　살아보며 이 짧은 시간에 누수라는 사건도 겪고, 아이들만 화장실 보냈다가 20분 동안 안 와서 납치가 된 건 아닌지 하고 지옥도 맛보기도 했다. 그뿐인가! 핸드폰이 집에 갇히는 사건들도 겪으며 다이내믹하게 보냈다. 그렇지만 결국 여기도 사람 사는 곳이다 보니 별반 다를 바가 없었고 일상생활에 적응해 갈 수 있었다. 어학원

첫 등원 날 쭈뼛쭈뼛 히잡 쓴 말레이시아 선생님에 낯설어하고, 중국인과 말레이시아 일본 친구들과도 문화 차이로 작은 트러블도 있고 어색했지만 다행히도 아이들도 별 탈 없이 금세 적응을 했다.

6주가 얼마나 짧은 시간인지를 알기에 매일 하루하루 그냥 허투루 보내지 않고자 노력했다. 한 게 많으면 한계가 없다는 마인드로, 아무것도 하지 않으면 아무 일도 일어나지 않는다는 마인드로 '매일 1일 1thing'을 하자! 뭘 특별하게 할 일이 없는 날은 그러면 안 먹어본 열대과일이라도 먹는 체험을 해보자란 식으로 말이다. 그래서인지 눈 떨림이 올 정도로 빡센 스케줄을 소화했고 한 점 아쉬움이 없을 만큼 신나게 즐겁게 매일을 보냈다.

아이들과 함께 짠 스케줄에 아이들이 힘들어도 불평불만 하지 않고 잘 따라와 줬다. 그리고 다른 나라 친구들과 놀고 공부하면서 문화의 차이로 인한 이해의 폭이 넓어졌다. 불편하거나 억울한 상황이 벌어졌을 때 영어 실력의 부족으로 따지질 못해 영어를 더 잘하고 싶다는 생각이 들었다고 하니 영어 공부에 대한 동기부여는 확실하게 된 것 같다. '영어는 과연 많이 늘었을까?' 많은 분들이 궁금해할 것 같다. 우리 학창 시절 공부해 봐서 알지만, '학교 공부로 10년씩 영어 공부해도 하루아침에 영어가 늘 트나?'라고 반문해 보면 아실 수 있을 터!

드라마틱한 변화는 없지만, 그럼에도 불구하고 외국인에 대한 불편함 울렁증 같은 건 없고 아이들이 완벽하지 않은 문장이어도 영어를 뱉어 말하려는 것들에 주저함이 줄어들었다. 그리고 영어학원 안 다녀본 둥이들에게는 영어 단어 시험 같은 것도 새로운 경험이 되었다. 처음엔 몇 개 못 맞추다가 점점 만점으로 향하면서 성취감도 느끼고 자신감이 생겼다. 영어 실력이 드라마틱 하게 늘진 않았어도 엄마 뿌듯한 점은 둘이서 놀 때 순간순간 영어로 문장을 구사하면서 대화를 한다는 점이다.

그리고 가장 큰 비용이 든 어학원에 대한 만족도도 궁금해하실 것 같다. 아이들이 어학원 가길 싫어하지 않고 재밌어했고 점심 도시락도 만족하게 먹었다. 엄마는 디테일하게 매일매일이 궁금한 어학원의 일상이었지만, 아이들은 '재밌었어요!' 혹은, '나쁘지 않아요'란 추상적인 대답만 들려줄 뿐! 간혹 다른 어학원에서 픽드랍 문제, 아이들 간의 싸움 분쟁이 생기는 경우를 들은 적 있는데 그래도 내가 선택했던 L어학원은 그런 문제가 발생하지 않았다. 또한 아이들의 별다른 문제도 발생하지 않았다. 그런 부분에서 만족했고, 비용은 아쉬움이 남았다.

한국으로 돌아온 지 반년이 지난 지금도 아이들이 영어 문장으로 가끔 대화하는 모습을 보일 때마다 잘 다녀왔다 싶었다. 영어로 말하고 싶어 입이 근질근질한 것 같다. 이만하면 엄마와 아들 표 해외 살기 대 성공인 것 같다. 무엇보다도 낯선 환경에서도 두려워하지 않고 스스로 길을 찾거나 새로 시도해 보려는 것들이 늘었다. 자신 감이 늘었다고 해야 하나? 구글 지도를 펼쳐가며 처음 가보는 길을 찾고, 새로운 음식들에 도전해 본다. 또한 자신이 원하는 여행 일정 을 짜본다거나, 하는 것에 주저함이 없고 자신감이 늘었다!

자신감이 늘어 온 덕분인지, 예전엔 부끄러워서 안 나간다던 회 장 선거에 아들 한 분은 직접 스스로 공약을 세우고 회장선거에 나 갔다. 아쉽게 한 표 차이로 회장은 떨어졌지만 부회장이 되어서 왔 다. 이건 전에 느껴보지 못했던 드라마틱한 자신감의 성장이다.

가장 의미 있었던 점은 엄마인 나와 아들들만의 평생 잊지 못할 추억을 만들었다는 점이다. 물론 엄마와 아들들의 추억 만들기는 얼마든지 한국에서도 가능하고 다양한 방법으로도 가능하지만, 이 런 생각을 했었다. '살면서 아들들과 낯선 해외에서 살아볼 수 있는 기회가 얼마나 될까? 나중에 커서 성인이 돼서는 엄마와 그렇게 긴 시간을 함께해 줄 시간이 없지 않을까?' 두려움보다 큰 건, '지금 아 니면 언제 해보겠어'라는 마음이었다. 영어 공부는 핑계고 어쩌면 아들들과의 새로운 환경에서 부딪히면서 추억 쌓기가 더 컸던 것 같다. 그래서 더욱 의미 있게 충만하게 그 시간을 보내고 싶었던 것 같다.

말레이시아 조호바루 & 싱가포르에서의 6주 살기는 살면서 평생 꺼내볼 수 있는 행복한 추억이 되었다. 그리고 여태 내가 아이들을 육아(育兒) 했었다면 6주 살기를 하면서 나 자신도 성장하는 육아 (育我)가 된 것 같다. 아이들만 크고 성장하는 줄 알았는데 어른이 된 나도 앞으로도 더 크고 성장할 계기가 된 것 같다. 글솜씨도 없어서 주저하면서 '글 쓰는 게 뭔가요?'하며 덜리하고 살았던 내가, 글 쓰는 형식도 잘 모르는 내가, 이렇게 글을 써서 세상에 내보내도 되는 건가 싶어 걱정이 앞섰지만 포기하지 않고 끝까지 쓰고 있는 걸 보면 말이다. 아이들 키우려고 떠났는데, 결국 제일 크게 자란 건 나였다.

무엇보다 평생 한 번 있을까 말까 한 아이들과의 해외 살기를 혹시 두려움에 주저하는 분이 계시다면 이 글을 읽고 '까짓것 나도 해보지 뭐!'라는 용기 한 스푼 내시면 좋겠다는 생각에 부끄러움은 내 몫으로 남기고 이 글을 세상에 용기 내어 내보내 본다.

말레이시아, 싱가포르
기본 정보

1) 말레이시아

인구 및 기본 정보: 말레이계(60%), 중국계(25%) 인도계(7%), 기타(8%) 등 여러 민족이 다 같이 어우러져 사는 말레이시아의 풍경과 닮아있다. 민족마다 생활 풍속이 다르고 이슬람, 불교, 힌두교 등 종교도 다양하고 다르며 말레이 요리, 중국요리 인도 요리 등 요리도 달라 다양한 삶과 모습을 볼 수 있는 곳이 말레이시아이다. 면적은 329,847k㎡, 인구는 약 3천만 명이다.

언어: 공용어는 말레이어이나 오랫동안 영국의 식민지였기 때문에 영어 사용이 친근하며 중국계 주민이 많아 차이나타운 지역에서는 일부 중국어 소통이 가능하다. 극장에 가서 영화를 보면 음성은 영어, 자막은 말레이시아어와 중국어가 나온다.

시차: 말레이시아의 표준 시각은 한국보다 1시간 늦다. 한국 시간으로 9시일 때, 말레이시아는 아직 8시인 셈이다.

기후: 고온 다습한 열대 우림 기후로 연평균 기온이 27°c이며 6~9월에는 30°c가 넘는다. 연평균 강우량 2,410mm 습도는 63~80%이다. 10월부터 2월까지는 우기, 나머지는 건기이다. 우기에는 주로 밤 시간에 열대 지역 단기성 폭우를 뜻하는 스콜이 내린다. 말레이시아를 여행하기 가장 좋은 시기는 3~5월의 봄과 10~11월의 가을이나 나머지 시기도 조금 더 더울 뿐 다니기 어려운 정도는 아니다.

화폐: 링깃(RM)으로 불린다. 환율은 RM1=약 320원 (2024년 12월~2025년 1월 기준) 보조 통화는 센(sen)이라고 하며 1링깃은 100센에 해당한다. 지폐는 100, 50, 20, 10, 5, 1링깃이 있고, 동전은 50, 20, 10, 5, 1센짜리가 있다.

전압 & 플러그: 말레이시아 전압은 220v, 50Hz이고 영국식 3구 플러그를 사용한다. 따라서 우리가 사용하는 2구에서 3구로 연결하는 어댑터가 필요하다. 말레이시아 상점이나 시장에서 RM10 내외로 구입 가능하다. 그런데 요새는 충전이 대부분 C 타입이나, USB형이니 한국에서 해외 멀티 어댑터를 구매하기를 추천한다.

화장실: 이슬람 신자들은 휴지 대신 화장실 내 호스를 이용해 뒤처리를 하는 데 이 때문에 화장실 바닥이 젖어 있는 경우가 있

다. 그리고 시외 터미널 같은 곳의 화장실은 유료인 곳도 있다.

버스 정류장 및 탑승 방법: 말레이시아에는 버스 정류장에 버스 노선이나 정류장 정보가 없다. 허허벌판 같은 곳에 여기가 맞나 싶은 정류장들이 있다. 버스가 올 때 손을 들어 흔들지 않으면 그냥 지나치니 꼭 손을 흔들어 의사를 표시하자! 요금은 현금을 내는 경우에, 거스름돈을 돌려주지 않으므로 미리 타기 전에 인원수 금액에 맞춰 준비하자.

말레이시아 조호바루(Johor Bahru)의 뜻: 조호(Johor)는 보석, 바루(Bahru)는 새로운, 즉 조호바루는 새로운 보석이라는 뜻이다.

2) 싱가포르

인구 및 기본 정보: 하나의 도시로 이루어진 도시국가로, 수도는 따로 없다. 면적은 2024년 기준 728.6㎢ 인구는 약 583만 명이다. (서울 면적은 605.2 ㎢) 인구 구성은 중국계(74.1%), 말레이계(13.6%) 인도계 (9%), 유럽계 및 기타 (3.3%)로 이루어져 있다.

언어: 영어, 말레이어, 중국어, 타밀어 등 총 네 개 언어가 공용어다. 공문서는 주로 영어로, 국민들에게 공지하는 관보 등은 네 개 언어를 동시에 표기한다. 거리에도 이 네 개 언어가 함께 표기된 안내판을 흔히 볼 수 있다. 하지만 공용어 중에서도 영어 구사율이 압도적으로 높으므로 노년층이나 중국계 일부를 제외하면 현지인과

의사소통 시에는 영어만으로도 충분하다.

시차: 싱가포르의 시차는 말레이시아와 마찬가지로 한국에 비해 1시간 늦다.

기후: 연중 고온 다습한 전형적인 열대우림 기후이다. 싱가포르 날씨는 '덥거나 매우 더운 날씨'만 존재한다는 우스갯소리가 있을 정도로 일 년 내내 덥다. 우기인 11~1월에는 스콜성 비가 자주 내리고 우기가 아닐 때도 수시로 내린다.

화폐: 공식 명칭은 싱가포르 달러. 약칭으로 싱달러(Sing Dallar)라고 하거나 그냥 싱(Sing)이라고 부른다. 미국 달러와 구분하기 위해 $앞에 싱가포르를 의미하는 S를 붙여 S$ 또는 SGD로 표기하기도 한다. 싱가포르 현지에서는 대부분 $로만 표기한다. 지폐는 2, 5, 10, 15, 100, 1000가 있고 동전은 1, 5, 10, 20, 50, S$1 종류가 있다. 싱가포르에는 $1이 동전으로 있으니 1c와 혼동하지 말 것!

전압 및 플러그: 220~240v, 콘센트는 주로 G형과 M형으로 나뉜다. M형은 한국 제품을 그대로 사용할 수 있지만 G형은 반드시 멀티 어댑터가 필요하다.

싱가포르 식당 이용 팁: 소규모 식당이나 호커 센터는 메뉴에 나온 금액대로 청구하지만, 그밖의 식당에서는 메뉴에 표시된 가격에서 10% 봉사료(Service charge)와 9%의 부가가치세(Goods and Service Tax, GST)가 추가돼 청구된다. 식당 메뉴판에는 이 같은 사항을 표시하기 위해 가격 옆에 2가지가 추가된다는 뜻으로 '++' 와 같이 표시하거나 All prices are subject to Service charge & GST와 같은 문구를 기재해 놓는다.

RETURN YOUR TRAY: 호커 센터나 푸드코트를 비롯 맥도날드 같은 패스트푸드점이나 스타벅스 같은 카페에서도 우리나라처럼 자기가 먹은 그릇을 스스로 퇴식구에 반납해야 한다. 그렇지 않으면 벌금을 물을 수도 있으니, 잘 치우고 나오자! 단, 직원이 서빙해 주는 레스토랑은 예외다.

버스로 국경 넘기 팁

말레이시아와 싱가포르 버스로 국경 넘는 방법이다. 말레이시아 조호바루 구도심에 기차/버스 이용이 가능한 퍼스트 링크–싱가포르 우즈랜드 포인트로 가는 다리가 있고, 한 달 살기를 많이 가는 신도심 레고랜드 부근에는 세컨 링크–싱가포르 투아스로 가는 다리가 있다. 퍼스트링크–우즈랜드로 가는 다리에는 유명한 대표 쇼핑몰도 연결되어 있고 터미널도 있으며 기차도 이용 가능하다 보니 이용객이 훨씬 많아 붐비고 입출국 시간이 더 걸리는 단점이 있다. 세컨 링크–투아스는 버스로 이용 가능하며 이용객이 퍼스트 링크보다 덜 해 입출국 심사 시간이 적다는 장점이 있다. 단 피크 타임 외에는 버스 운행이 많지 않고 배차 간격이 넓다는 단점이 있다.

1) 말레이시아 출국—싱가포르 입국

버스 노선도/스케줄 확인은 https://www.causewaylink.com.my/routes-schedules 참고!

버스명: CW7L

탑승 위치: 선웨이 그리드 (Sunway Grid) 예시

CW7L 버스 노선 및 운행 시간: 호텔 라마다에서 출발하여 메디니 몰을 지나 안중 메디니, 누사자야, 선웨이 그리드, 선웨이 빅박스 몰을 지나 CIQ(Customer immagration Quarantine 말레이시아 출국 심사장)에 도착한다. 라마다 호텔에서 5시 첫차가 시작되고 막차가 오후 10시다. CIQ 세컨 링크에서의 첫차는 7시 30분이고, 막차가 10시 30분이다.

피크타임은 오전 5시부터 오전 10시까지, 그리고 오후 4시부터 저녁 8시까지는 배차간격이 30분이다. 그 외 피크타임이 아닌 시간에는 배차간격이 1시간이다.

CW7L	Hotel Ramada		CIQ 2nd Link*	
	First bus	Last bus	First bus	Last bus
	05:00	22:00	07:30	22:30

* Please connect with CW3 & CW3S from Singapore to Sutera Mall.
Bus interval: 30 mins during peak hour, 60 mins during off-peak hour
Peak Hour: 05:00 - 10:00 & 16:00 - 20:00. Subject to traffic conditions.

호텔 라마다에서 출발 후 10~20분이면 선위이 그리드에 도착하니 여유 있게 버스 정류장에서 대기하는 것이 좋다. *반드시 버스가 올 때 손을 흔들어 버스 탈 의사를 보여줘야 함* 그렇지 않으면 정차하지 않고 그냥 지나친다.

버스 비용: 성인 4.5링깃/어린이 2.3링깃/현금 잔돈까지 맞춰서 준비하자. 잔돈을 돌려주지 않는다. 비용 지불 후 티켓을 주는 데 이것은 잘 보관해야 한다! 싱가포르 투아스 도착해서 또 싱가포르 원하는 목적지까지 가는 버스 무료 환승이 된다. 티켓을 간혹 체크하는 경우가 있으니 잘 보관하자!

우선 CW7L의 승객들은 목적지가 대부분 싱가포르로 국경을 넘으려는 사람들이다. 자연스럽게 대중을 따라가견 말레이시아 출국 심사대로 간다. 사람이 없는 경우에는 5분에서 10분 정도면 출국 심사가 마무리된다. 그러고 나서 잠깐 편의점에 들리자! 이제 버스 타고 다리를 건너면 물가가 2~3배가 바로 뛰니 편의점에서 간단한 간식이나 음료를 저렴하게 구매해 가자.

자기가 타고 왔던 버스 안 타도 되고 못 타도 된다. 혹시라도 본인이 탔던 버스 놓쳤다고 놀라지 말자. 아무거나 타도 어차피 싱가포르 입국 심사에서 만난다. 많은 사람들이 주롱 이스트 MRT 역으로 가려는 버스 CW3/CW4를 타려고 기다린다. 이때도 무료 환승이 된다. 결국 출입국심사를 거치고 싱가포르로 가는 동안 버스 비용은 처음만 내면 총 3번까지 무료 환승이 된다. CW3/CW4 기다리는 곳에 비용이 적혀 있어 혼선을 주는데 당황하지 않고 손에 티켓을 쥐고 자연스럽게 버스에 올라타면 된다. 주롱 이스트 MRT에 도착했다면 최종 본인이 원하는 싱가포르의 목적지로 떠나면 된다.

2) 싱가포르 출국-말레이시아 입국

이젠 다시 싱가포르에서 투아스 세컨 링크를 통해 조호바루로 돌아가는 여정이다. 조호바루로 넘어오려는 버스를 타려면 주롱 이스트 MRT 역에서 주롱 타운홀 버스 인터체인지 BERTH5로 가야 한다. 역에서부터 대략 5분~10분 정도 걸어가야 한다. 기억하자! 주롱 타운홀 버스 인터체인지다. 구글 앱을 켜고 찾아가도 되고 이정표를 잘 보고 찾아가자.

CW3/CW4 버스가 20여 분을 달려 싱가포르 출국 심사대로 간다. 잠시 내렸다가 출국 심사 후 아무 버스나 타자. 어차피 또 모든 버스가 말레이시아 입국 심사대로 간다. 심사를 마친 뒤 왼쪽으로 나오면 버스정류장이 나온다. 걸어가다 보면 버스 팻말이 나온다. 타려는 버스 번호가 적힌 팻말 앞에서 대기하면 된다. 투아스 세컨 링크를 통해서 온 경우 사람이 많지 않아 버스 기사님이 사람들을 모아서 출발하는 경향이 있어서 시간이 좀 늘어난다. 방송 안내가 없으므로 탑승할 때 기사님께 미리 하차할 곳을 말해놓자.

준비물 체크리스트

	항목	첨언
1) 아이들 옷 관련	상의	대부분 세탁기가 구비돼 있으니 옷은 간단히 챙겨도 된다
	바지	
	속옷	
	수건	숙소에 몇 개 비치되어 있는지 확인/부족한 경우가 많아 별도 준비하자.
	양말 미끄럼방지포함	액티비티 시, 운동화와 미끄럼 방지 양말 필수다.
	바람막이	에어컨이 센 편이라 바람막이나 얇은 카디건은 필수다.
	수영복	
	우의(또는 비닐)	싱가포르 유니버셜 스튜디오 갈 때 꼭 필요하다.
	경량 우산	12월부터 2월까지는 우기라 매일 한 번씩 비가 오는 편이다.
	모자	강렬한 햇빛 차단용
2) 공부관련	학업 문제집	
	장편 소설 두 권	잠들기 전 20분씩 읽어줄 장편 소설 두 권 정도 준비해 본다.
	태블릿	
	노트북 한 개	

	미니 백팩 두 개	학원용 및 체험 다닐 때 필요한 가방
	필기구	학생의 신분을 잊지 말자.
3) 비상약	감기약 (두 통)	에어컨 바람에 감기 걸리기 쉬우니 비상용으로 챙기자.
	어린이 배탈약	위생이 좋은 편이라고는 하나, 배탈을 대비할 것,
	연고, 밴드	만약을 위해 상처 봉합 밴드도 준비해 가자.
	모기관련 약	모기 퇴치제와 바르는 모기약
4) 생활용품	해외용 전환 콘센트	고속 충전 되는지, 드라이기 사용까지 가능한 사양인지 확인할 것. c타입과 usb타입 꽂이가 몇 개인지 확인하자.
	배터리 충전기	
	충전기 라인	
	선글라스	
	칫솔, 치약	
	필터 두 종류	욕실용과 주방용 2가지 타입 필터 준비하기
	선크림	
	바퀴벌레약/개미약	방역이 잘 되어 있길 바라면서 혹시 몰라 준비해 간다.
5) 결제관련	마스터카드	분실 대비로 두 개 준비
	트래블월렛 내꺼/남편꺼	역시나 분실 및 장애에 대비하고 수수료 절감을 위해 두 개 준비해 간다.
	싱가포르 교통카드	싱가포르에서는 MRT를 자주 이용하니 아이들용 준비하면 용이하다.
6) 환전	링깃, 싱달러 환전하기	도착하자마자 쓸 현금 소액 인천공항에서 환전하기. 아이들 용돈도 환전

7) 행정처리	학원 및 학교 행정 처리	2주~한 달 전 미리 학원과 학교에 알리고 행정 처리할 것
	서류 작성	말레이시아, 싱가포르 입국 서류는 입국일 3일 전 PC/모바일로 가능함
	공항 픽드랍 밴	편도 9~13만 원 정도/여러 명이거나 아이 동반의 경우 추천.
	어트랙션 티켓	어플마다, 기간에 따라 할인이 다르다.
8) 입국심사	여권/항공권 복사 등	여권을 복사하여 캐리어 앞 가방에 보관해둘 것, 그리고 항공권 및 어트랙션 티켓팅, 숙소 정보 출력할 것
9) 픽드랍	리무진	2025년 기준 어른14,000원, 어린이 7,000원
10) 보험	여행자 보험 들기	집에서 출발하는 시간부터, 집으로 돌아오는 시간까지 포함한 여행자 보험을 들 것
11) 통신사	유심, 이심, 로밍	본인에게 맞는 선택을 할 것
12) 어플	유용한 어플들	그랩, 트래블월렛, 파파고, 구글지도, 어트랙션 티켓구매(클룩, 마이리얼트립, 와그, 트립닷컴 등), Singabus(버스노선), 왓츠앱, MyICA Mobile(입국심사신청), Univesal SG(유니버셜 스튜디오), 버스타고(리무진예약)

1) 해외필수카드 트래블월렛/트래블로그

트래블월렛/트래블로그 하나면 현지에서 바로바로 환율을 적용받아 환전하고 결제 가능하다. 컨택트리스 교통카드 기능도 기본으로 탑재되어 있어서 싱가포르에서 사용 가능하다. 환율을 꾸준히 트래킹하면서 환율이 싸졌을 때 미리 조금씩 충전을 하는 것도 비용을 줄일 수 있는 방법이다. 말레이시아 현지에서 ATM 기기가 카드를 먹는 일이 종종 발생한다고 하니, 트래블월렛/트래블로그 등 여러 개 카드를 준비하는 것을 추천한다.

2) 싱가포르 교통카드

한국처럼 한 개의 카드로 여러 명 계산이 안 된다. 1인 1 카드로 혹은 현금으로 지불해야 한다. 트래블월렛/트래블로그 카드도 수수료를 내고 버스카드로 사용 가능하다. 다만 체크카드라 분실 시 위험이 있으니 이지링크로 준비하길 추천한다. 이지링크는 우리나라 T머니랑 같다고 보면 된다. 교통카드도 되고 편의점이나 맥도날드 이런 곳에서 결제도 가능하다.

싱가포르 어린이 교통카드 발급 : 어린이 키가 90cm 미만의 경우 무료 탑승 가능하며, 만 7세까지 무료 탑승 가능하다. 다만 키로는 애매한 상황이 발생할 수 있으니 주요 지하철역 Ticketing Service Centre에 여권을 들고 가서 어린이 무료 교통카드인 차일드 컨세션 카드 (child concession card)를 만들자! 별도의 비용은 없으나 분실 시 재발행 비용이 발생하니 분실하지 않도록 하자!

3) 학원 및 학교 행정 처리

1~2달 전에는 학원에 미리 부재를 알리고 일정을 조율한다. 그리고 학교는 방학만 이용할 경우에는 상관이 없는데 미리 떠나는 경우에는 학교에 체험학습 신청을 해야 한다. (참고로 어학연수의 경우에는 체험학습일 수 인정이 안 된다.)

4) 입국 서류 준비하기

〈싱가포르 입국 신고서〉 모바일 등록 공식 사이트
https://eservices.ica.gov.sg/sgarrivalcard/

싱가포르 입국 서류 작성은 입국일 기준 3일 전에 가능하다. PC/모바일 2가지 모두 가능한데 말레이시아와 싱가포르를 여러 번 왔다 갔다 할 거라면 모바일로 등록하는 게 낫다. 한 번 등록해 놓으면 방문할 때마다 불러들이기를 통해 간편하게 입국 심사 서류 제출이 가능하기 때문이다. 공식 사이트에 접속 Foreign Visitor 선택하고 언어를 한국어로 변경해 편리하게 작성할 수 있다.

한 명이면 개별 제출 선택, 여러 명일 경우 그룹 선택해서 등록하면 한 번에 제출 가능하다. 프로필 등록 (Add profile)을 누른 뒤, 여권 하단의 바코드를 스캔하면 개인 정보들이 불러지는 것들이 있다. 복잡하면 수기로 작성하면 된다. 개인 정보 입력 (여권 정보 이름, 번호, 만료일 등), 국적, 출생국, 연락처(국가번호+82 포함) 영문으로 정확히 입력하면 된다.

그다음으로는 여행 정보 항공편 번호, 싱가포르 내 숙소 주소, 체류 기간, 다음 방문 도시 등을 입력한다. 싱가포르에서 숙박할 경우 싱가포르 숙소를 기재하고, 경유하고 말레이시아로 넘어갈 경우에는 목적에 1day transit 선택하고 숙박에 others 클릭 후 환승 선택하면 된다. 그 이후에는 건강 상태에 대한 질문 예/아니오 선택 후 본인은 신고서를 읽고 동의했습니다 박스 체크 칸에 체크 후 제출하면 된다. 정상적으로 제출이 되면 기재한 메일 정보로 신고서 제출 확인서가 10분~30분 내 온다.

〈말레이시아 입국 신고서〉 https://malaysiadac.visasyst.com/
링크 접속 후 온라인 작성

기본적인 여권 정보 및 말레이시아 도착일, 도착 방법(싱가포르 입국 시 LAND로 표시, 및 Last Port of Embarkation:싱가포르 기재), 말레이시아 숙소 주소(state:JOHOR), City:ISKANDAR PUTERI 신도시에 묵을 경우) 기재하면 된다. 싱가포르 입국 신고서에 비해 비교적 간단하다.

5) 공항 픽드랍 VAN(밴) 서비스

여러 명이거나 짐이 많은 경우에는 밴을 이용하는 것이 좋다. 비용은 5인승 기준 편도 13만 원대이고 현지 업체를 이용하면 9만 원대도 가능하다. 캐리어를 싣는 공간까지 고려해야 하므로 실제 기준 인원보다 적게 탑승 가능하다.

6) 어트랙션 티켓 저렴하게 예약하기

액티비티 입장권 같은 구매는 클룩, 마이리얼트립, 와그 등 어플에서 많이 판매를 하는데 같은 입장권도 어느 어플에서 구매하느냐에 따라 금액이 달라진다. 단, 주의할 점은 좀 더 저렴한 티켓일 경우 환불이 불가한 경우가 많으니 확실한 일정일 경우 구매하는 것을 추천한다.

7) 인천공항까지 리무진 이용하기

리무진의 장점은 버스 전용차선으로 다녀 빠르기도 하고 무엇보다 인천공항 입국장 바로 앞에서 하차라는 점이다. 쾌적하고 넓어 일반 버스와는 달리 거의 누워서 갈 수 있는 리무진을 아이들이 즐거워한다. 거기에 친절하신 리무진 기사님이 캐리어 상 하차를 다 도와주시니 모든 면에서 리무진을 추천한다. 다만, 너무 어린아이가 있고 짐이 많다면 택시 추천드린다.

8) 유심/이심/로밍 선택하기

유심은 저렴하지만, 분실의 위험이 있다. 장시간 보관의 위험이 있어서 비추한다. 이심은 유심에 비해 실물 칩을 바꾸지 않는 편의성이 좋다. 이심의 경우에도 말레이시아 싱가포르 양 국가에서 사용 가능하나, 문자 수발신 시 설정에 따라 데이터 요금이 나올 수 있어서 잘 확인하고 사용해야 하는 번거로움이 있다.

나의 경우에는 문자 확인도 수시로 필요했고, 말레이시아와 싱가포르 두 개 나라를 옆 동네 드나들 듯할 예정이라 별도의 절차 없이 사용 가능한 로밍을 선택했다. 해당 국가에 도착하자마자 전원만 껐다 켜기만 하면 된다! 3천 원 추가하면 최대 네 명 가족 로밍으로 묶어 사용 가능하다.

6주 살기 비용

환율 320원 2024년12월~2025년1월 기준

항목	비용	항목	비용
비행기 왕복 티켓팅	750,000	숙박	2,800,000
5주 어학원(2인 점심 포함)	4,800,000	교통비	550,000
식비	2,400,000	문화생활비	2,000,000
기타비용(마사지 등)	700,000	총 계	14,000,000

(단위:원)

비용은 개인차가 크니 감안해서 봐주시길 부탁드린다. 환율 평균 말레이시아 1링깃 320원/싱가포르 1싱 달러 1,050원으로 계산했다.

1) 비행기 티켓팅: 우린 인아웃을 싱가프르로 티웨이 저가 항공 왕복 3인 총 75만 원에 결제했다.

2) 숙박: 에어비앤비 하루 숙박 6만 원대×40박 총 240만 원에 결제했다. 싱가포르 호텔 2박 총 30만 원, 말라카 호텔 1박 10만 원

3) **어학원 & 점심 도시락:** 5주간 두 명 초등 4학년 기준 어학원 교육 비용 450만 원 + 도시락비 2인 총 30만 원 = 총 480만 원 (통학버스 이용 시 별도 비용 발생함)

4) **교통비:** 총 교통비 55만 원. 그랩 비용(30만 원) & 말라카 시외 버스비(3인 5만 원) & 반딧불 픽드랍업체(7만 원) & 공항 밴(125,000원) 이동할 때 그랩을 매일 왕복으로 타다 보니 생각보다 그랩 비용이 많이 나간다.

5) **식비:** 우리는 외식을 많이 했고 식비가 많이 든 편이다. 외식 비용 및 식자재 비용 240만 원이 들었다. 싱가포르에서 식대가 사악했고 말레이시아도 물가가 한국에 비해 싸지 않다. 말레이시아 3인 기준 한끼 외식비용 평균 2~3만 원이 들었다.

6) **문화생활비:** 레고랜드 연간 회원권, 영화관 비용, 싱가포르 유니버설 비용 수많은 액티비티 크루즈, 타밍사리, 키즈카페, 베이킹 등 비용으로 총 200만 원이 들었다.

6주 동안 성인1 + 초4 아들 쌍둥이 먹고 놀고 자고 공부하고 총 1,400만 원이 들었다. 비용에 대한 총평을 드리자면, 후회 없이 즐기고 먹고 놀았다. 다른 분들에 비해 20% 정도 더 들었다고 보면 된다. 특히 식비 부분과 액티비티 비용이 많이 들었다. 절대적으로 줄일 수 없던 부분이 숙박과 항공, 어학원 비용 등이 900만 원 정도였다. 나머지 500만 원에서는 외식과 액티비티를 덜 하면 200만 원 정도는 세이브할 수 있다. 이건 모두 각자 선택하기 나름이다.